KB055859

재림용사의
복수담
용사 그만두고 전직 마왕과 한패가 됩니다
5
우사키 우사기
Usaki Usagi
illustration
시라코미소
Shirakomiso

류자스 길버언
왕국 궁정마법사

“—【영웅 소원(언리콰이티드 데티 드라이브)】.”

"──【영웅 재현(더 레이즈)】."
아마츠키 이오리
전직 용사

"――유린해라."
레피제 그레고리아
마왕군 사천왕 "비"
그레이시아 레바틴
마왕군 사천왕 "소실"

루시피나 에밀리오르
마왕군 사천왕 "천천"

“그런 너니까……
나는 아직, 이렇게 너와
손을 잡을 수 있어.”

"……이오리는
다정하구나."
엘피스자크 길데가르드
전직 마왕

아이들러
재앙을 부르는 소녀
"……고맙다.
감사하지, 이번 세대의 용사."
???
의문의 여성

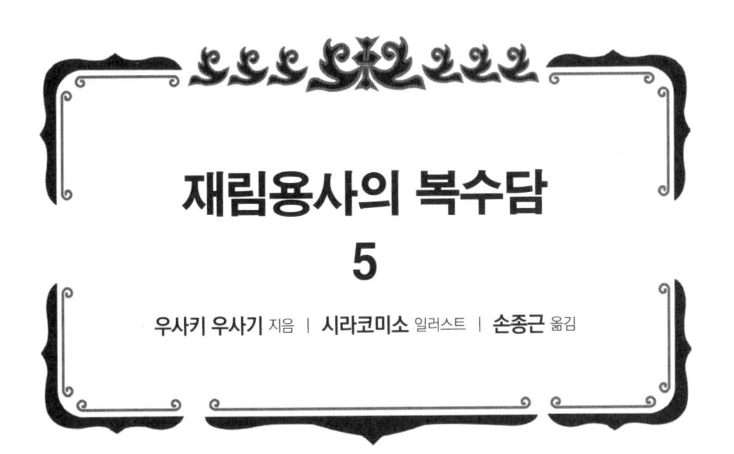

재림용사의 복수담

5

우사키 우사기 지음 | 시라코미소 일러스트 | 손종근 옮김

프롤로그 재림 12
제1화 각자의 생각 14
제2화 거짓된 안도 26
제3화 신용하는 것은 38
제4화 폭풍 도래 54
제5화 그녀가 바란 세계 74
제6화 우스꽝스러운 왕 95
제7화 증오로 점철된 목소리를 들었다 107
제8화 내가 하고 싶었던 것 128
제9화 갚을 수 없는 부정의 충동 157

재림용사의 복수담

contents

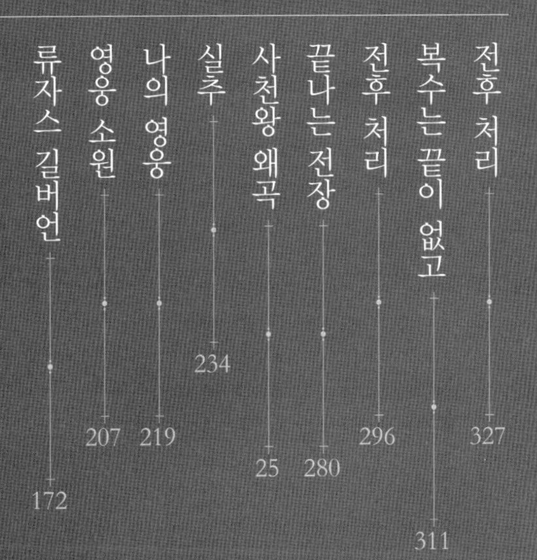

제10화 류자스 길버언 172

제11화 영웅 소원 207

제12화 나의 영웅 219

제13화 실추 234

제14화 사천왕 왜곡 25

제15화 끝나는 전장 280

에필로그 전후 처리 296

넥스트 프롤로그 복수는 끝이 없고 311

후기 전후 처리 327

프롤로그 『재림』

——인정하자, 추락했다고.

평온한 일상 안에서 평안한 삶을 보냈다.
지금이라면 나는 완전히 얼간이였노라 자각할 수 있다.
그날부터 계속, 나는 죽은 것처럼 살았다.
목적은 있었다. 목표는 있었다. 이상은 있었다.
하지만 손을 뻗으면서도 그곳에 도달할 수 있다고는 생각하지 않았다.
계속 나아가는 것을 면죄부로, 그저 권태에 빠져 있었다.
그래서.
그때, 무참하게 목숨을 구걸하면서까지 삶에 매달리려고 한 것은.
끝을 앞에 두고 간신히 내가 아무것도 이루지 못했다는 사실을 이해했다.
그렇기에 죽고 싶지 않다며 구역질이 나올 것 같은 말을 입에 담았다.
……아니지.
죽는 것 따윈 두렵지 않다.
삼십삼 년 전의 그 날, 죽음 같은 것보다도 훨씬 무서운 것이 있음을 알았다.
그렇다면 할 일은 하나.

나는 내가 해야 하는 일을 해야만 한다.
앞으로 나아가기 위해서.
스스로의 심상을 실현하기 위해서.

그러니까.

"——자, 복수를 시작하자."

제1화 『각자의 생각』

약속을 했다.

슬프고 다정한 약속을.

무슨 일이 있어도 그것을 지키겠노라 맹세했으니까.

——나는 영웅이 되어야만 했다.

"————."

거친 숨을 내쉬며 눈을 떴다.

온몸이 끈적끈적, 기분 나쁜 땀을 흘리고 있었다.

무언가 옛날 꿈을 꾼 것 같은 기분이었다.

잔뜩 삐친 금발의 잔재가 눈꺼풀 안쪽에 남아 있는 것 같은 감각.

복받치는 혐오감에, 가볍게 눈을 비볐다.

몸을 일으키고 머리 안쪽에 남은 통증을 잊으려고 시험해봤다.

"으응."

옆 침대에서 엘피가 태평하게 코를 골며 자고 있었다.

잠버릇이 사나운지 이불이 침대 저 멀리로 날아가 버린 모습이었다.

배가 고프기라도 한지 으득으득 이빨 소리가 시끄러웠다.
"……정말이지."
이 녀석은 조금 더 온화하게 잘 수는 없나.
내심 기가 막힌 심정으로, 엘피를 보고서 가볍게 웃고 있는 스스로의 모습을 깨달았다.
어느샌가 두통은 사라졌다.
오늘은 미셸을 비롯한 고아들이 다른 고아원으로 이동하는 날이었다.
마르크스에게 복수를 하고 나서 곧바로, 나는 레오에게 몇 가지 부탁을 했다.
그중 하나가 고아들을 빨리 안전한 고아원으로 옮기는 것이었다.
마르크스와 그의 부하는 정리했지만 만에 하나의 경우도 있다. 이 이상, 사정을 아는 고아들을 이 마을에 두는 것은 좋지 않겠지.
개인적인 감상이지만 이 이상 그들이 말려들지 않았으면 했다.
류자스 쪽도 있으니까.
지금쯤 레오가 선별한 성당기사들이 고아들을 이송 중이겠지. 안전 확보, 그런 명목으로 그럭저럭 호위가 붙어 있을 터.
표면적으로 아직 조지랑 리리, 마르크스는 도주 중인 것으로 되어 있으니까.

마르크스 사건 이후, 류자스는 모습을 드러내지 않았다.
이쪽에서 먼저 나서서 찾았지만 발견할 수는 없었다.
아마도 이미 공격을 가할 타이밍을 결정했을 테지.
우리가 조건을 충족하지 않는 한, 류자스 쪽에서 나오지는 않을 거라 보면 된다.
"그 타이밍은 아마도——."
우리가 기광(忌光) 미궁으로 들어선 뒤, 혹은 토벌을 마친 뒤가 아닐까——나는 그렇게 예상했다.
적어도 우리가 만전의 상태일 때에 공격을 가하지는 않겠지.
이쪽이 소모된 타이밍, 혹은 방심한 타이밍을 노려서 기습을 가할 터.
당연히 이미 그 녀석이 시도할 공격에 대한 대책은 세워두었다.
포션을 구비하는 것은 물론, 대책을 위해 마르크스의 저택에서 어떤 물건을 가져왔다.
이제는 실행하는 것뿐.
"응…… 으음."
엘피가 데굴 몸을 뒤척였다.
그 바람에 모습이 사라졌다. 침대 밑으로 떨어진 거겠지.
"으윽."
침대 밑에서 신음 소리가 들렸다.
잠에서 깼나 싶었는데, 금세 또 코를 골기 시작했다.

엘피는 아직 깰 것 같지 않네.
쓴웃음 짓고, 나는 다시 한번 계획을 재검토하기로 했다.
가능한 만큼의 준비는 갖추었다.
로스트 매직을 쓸 수 있는 류자스와, 왕국의 정예 '선정자'.
양쪽의 실력을 생각해도 우리에게는 승산이 있다.
팔과 다리를 되찾은 엘피와 심상 마법을 쓸 수 있는 나.
허를 찔리더라도 충분히 대처하고 맞서는 것이 가능할 터.

이레귤러만 없다면.

◆ ◆ ◆

마왕성 가장 안쪽.
평소에는 결계로 뒤덮여서 누구도 들어갈 수 없는 그 방에 모든 사천왕이 모여 있었다.
"――――――."
그들의 시선 앞에는 큰 결정이 떠 있었다. 마력 치유를 보조하는 결계의 일종이었다. 그 결정 안에는 마족 하나가 잠들어 있었다.
"――――――."
갑자기 으득, 소리가 났다.
결정에 금이 가고 점차 전체로 퍼졌다. 그리고 마침내

결정은 산산이 부서졌다.

“——————.”

둥실, 지면으로 마족이 내려섰다.

“……깨어나셨습니까.”

한 여성이 그 마족에게 말을 건넸다.

군복을 입은, 20대 전반으로 보이는 용모의 여성이었다.

파란 눈동자를 날카롭고 가늘게 뜨며, 여성은 어쩐지 긴장한 표정을 띠고 있었다.

여성의 이름은 레피제 그레고리아.

마왕군 사천왕 ‘비’로서 마왕 대리를 맡고 있는 강력한 마족이다.

“——————.”

레피제의 목소리에 반응하지 않고, 마족은 황금색 두 눈으로 천장을 올려다봤다.

무슨 생각을 하는지 작게 숨을 내쉬었다.

그러더니 실내에 놓여 있는 옥좌에 천천히 앉았다.

그리고 긴 은발을 만지작거리며, 옆에 선 레피제에게 시선을 향했다.

“수고했다, 레피제.”

한마디, 마족은 낮은 목소리로 레피제를 치하했다.

그리고는 눈앞에 무릎을 꿇은 세 마족에게 시선을 향했다.

“상황은 레피제의 마법으로 파악하고 있다. 그러니 내가 너희에게 고할 말은 하나다.”

마족은 말했다.
"——유린해라."
새벽하늘을 연상시키는 황금색 두 눈.
별빛을 가둔 것 같은 은발.
어둠의 색깔을 비추는 것 같은 칠흑의 두 뿔.
피부를 뱀처럼 스멀거리는 것은 홍련의 문장이었다.
마족의 이름은——오르테기어 반 자레펠드.
선대 마왕, 엘피스자크 반 길데가르드를 폐위시키고 지금의 지위를 손에 넣은 '마왕'이었다.
"——가세요."
레피제의 말을 듣고 세 마족이 방을 나갔다.
남은 것은 오르테기어와 레피제뿐.
또다시 방이 적막으로 뒤덮였다.
"……오르테기어 님."
긴장한 표정을 띠고서, 옥좌에 앉은 상사에게 레피제가 무언가를 말하려고 했다.
"레피제."
그보다 먼저 오르테기어는 말했다.
"——배가 고프다."

◆ ◆ ◆

뚜벅뚜벅.

어스름한 복도에 셋의 발소리가 울렸다.

"——정말로 셋이나 나가도 괜찮아? 여기 남는 건 '비' 뿐이라고."

낮은 남자의 목소리가 복도에 작게 메아리쳤다.

곤두선 푸른 머리카락, 기분 나빠 보이는 삼백안. 살짝 벌린 입에서는 늑대 같은 날카로운 엄니가 엿보였다.

성인의 키 정도 크기를 지닌 언월도를 어깨에 짊어진 그 남자는 마왕군 사천왕 '왜곡'이었다.

이름은 볼크 그란베리아.

"상관없겠지. 오르테기어 님께서 깨어나셨다. 게다가 '비'가 있는 것보다 더 뛰어난 경비는 없지."

볼크의 말에 대답한 것은 시원시원하고 의연한 여성의 목소리였다.

흐트러짐 없는 진녹색 장발에 베일 듯한 날카로운 두 눈. 몸에 두른 군복에는 주름 하나 없어서 여성의 빈틈없는 성격이 엿보였다.

산양처럼 구부러진 두 자루 짧은 뿔을 지닌 그 여성의 이름은 그레이시아 레바틴.

마왕군 사천왕 중 하나로서 '소실'의 칭호를 지녔다.

"허어, 그런가. 꽤나 긴장한 모양이었으니까, '비' 녀석, 설사라도 안 하면 좋겠는데."

이래저래 생각하는 바는 있겠지만 일단 상사의 몸 상태를 걱정하는 볼크.

"……그녀는 어제부터 속이 좋지 않아서 무척 힘들어 보이더군요."

그때, 뇌가 녹아내릴 것 같은 달콤한 목소리가 대화에 끼어들었다.

목소리의 주인은 가엽네요, 그러면서 쿡쿡 웃었다.

복도 가장 뒤에서 걷는 그 목소리의 주인은 하프엘프 여성이었다.

잔뜩 삐친 금발을 흔들고 유쾌하게 스텝을 밟는 그녀가 걸친 것은, 청아하게 느껴지는 순백의 드레스였다.

온화한 인상을 주는 큰 은빛 눈동자에 다정한 미소를 머금은 자그마한 입술. 거리에서 봤다면 동성마저 돌아볼 듯 단아한 생김새.

'성광신' 멜트의 체현이라고 해도 믿어버릴 듯이 여신 같은 아름다움을 자랑하는 그녀의 이름은 루시피나 에밀리오르.

'천천(天穿)'의 칭호를 가진 마왕군 사천왕이다.

"어제부터 말이지. 마왕님께서 깨어나시니까 긴장했나."

"흥, 고생이 많네."

"긴장도 원인 중 하나겠지만, 딱히 스트레스를 느낀다고 속이 안 좋아지나요?"

"흐—응."

셋은 남 일처럼 이야기했지만, 그 원인의 반절은 그들에게 있었다.

이 자리에 레피제가 있다면 "당신들 때문인데요"라며 외쳤으리라.

"그럼, 뭐. 어쩔 수 없네."

긴 복도를 빠져나가자 그곳은 야외였다.

셋은 마왕성 밖으로 나와서 눈 앞에 펼쳐진 광경을 내려다봤다.

그곳에는 대량의 몬스터가 대기하고 있었다.

사나운 짐승의 울음소리, 찢어질 듯한 드래곤의 절규가 울려 퍼졌다. 그리고 그 대열과는 별도로 마족이 서 있었다. 등 뒤에 날개가 달린 자, 머리에 뿔이 달린 자 등등 다양했다.

"마왕님께서 직접 명령하시었다."

부하들을 내려다보고 볼크가 사나운 표정으로 말했다.

"그럼. ──마왕군의 원수인 '용사'와 '전직 마왕'을 유린하러 가기로 할까."

시커먼 구름으로 뒤덮인 하늘 아래, 사람이 아닌 자들의 포효가 울려 퍼졌다.

◆ ◆ ◆

"──정말로 '용사' 아마츠키 이오리는 기광 미궁으로 향하는 거로군?"

선정자의 로브를 두른 신경질적인 남자가 의아해하며

말했다.

남자의 이름은 해롤드 레벤스.

왕국의 정예 부대, 선정자의 '제1석'을 맡은 마법사.

"그래, 틀림없어. 네 말대로 감시를 계속했는데, 그 녀석들은 미궁으로 향할 준비를 하고 있어."

부연 적발을 올백으로 넘긴 오십 대 남자. 진홍색 눈에서는 굶주린 짐승 같은 사나움이 엿보였다.

궁정 마법사에게 주어지는 검은 로브를 걸친 그 남자의 이름은 류자스 길버언.

일찍이 영웅과 함께 마왕과 싸우고 세계 최강의 마법사로까지 불린 '대마도'.

"게다가 이제까지의 경로를 미루어보면, 저 녀석들은 명백하게 미궁을 토벌하러 돌아다니는 거야."

"흥, 그런가. 그럼 류자스 경은 계속해서 그 둘의 감시를."

"……그래."

깔보듯이 코웃음을 치고 해롤드는 대화를 중단했다.

영웅의 동료라고는 해도 그것은 삼십 년이나 전의 이야기. 현재의 왕국을 지탱하고 있는 것은 자신들 '선정자'다.

그런 자부심에서 해롤드는 류자스를 내려다보고 일방적으로 지시를 내렸다.

자신의 실패가 부끄러운지 류자스는 얌전히 그에 따르고 있었다.

"훗."

감시로 돌아가는 류자스를 보고 만족스럽게 웃더니 해롤드는 다른 선정자들을 돌아봤다.

"아마츠키 이오리는 용사이면서도 그 역할을 포기했다. 왕국을 배신하고, 국보를 훔치고, 더군다나 마족과 함께 행동하고 있다. 그 남자는 이미 용사에 걸맞지 않다."

로브를 나부끼며 해롤드가 선언했다.

"따라서! 우리 선정자가 아마츠키 이오리에게 벌을 내리겠다――!"

아마츠키 이오리는 곧 깨닫게 될 것이다.

왕국을 적으로 돌린 것이 얼마나 무서운 일인지를. 역할을 포기한 자신의 어리석음을.

우리의 선정에서 벗어난 것을 후회하고 지옥으로 떨어지도록 해라.

"자, 끝의 때가 가까웠다."

그러더니 해롤드는 웃었다.

그리고.

"――그래."

류자스가 몰래 그에 동의했다.

"――끝을 내주지. 전부 말이야."

각자가 생각을 품으며.

시시각각, 그때는 다가오고 있었다.

제2화 『거짓된 안도』

"——누구라도 행복하게 살 수 있는 세계가 있다면. 모두 계속 웃을 수 있을 텐데."

그렇게, 그녀는 말했다.
슬퍼 보이는 미소를 띠며.

"기광 미궁에 대해서 제대로 기억하고 있어?"
"괜찮아."
"혹시 모르니까 복습해두자고."
"음, 어디 해봐."
서로 침대에 앉아서 대화.
엘피의 태도에 살짝 불안을 느끼며, 잠시 후에 도전할 미궁의 정보를 떠올렸다.
기광 미궁.
내부가 어둠으로 뒤덮인 미궁이다. 이름 그대로 빛을 꺼리는 거겠지.
탑 같은 형상이라 위로 나아가게 된다.
성가신 점은 크게 둘.
첫 번째는 부정기적으로 미궁 내부가 굉장한 빛을 발한

다는 점이다.

무언가 마법으로 내부의 빛을 흡수하는지, 그 빛을 모두 한순간에 방출한다. 내부의 몬스터는 빛을 신경 쓰지 않지만 우리는 그럴 수도 없다. 무언가 대책을 세우지 않고서 빛을 맞닥뜨리면 실명해버린다.

초기에 대책 없이 도전한 자들 다수가 시력을 잃었다.

“이건 사전에 준비해둔 매직 아이템으로 대처할 수 있어.”

“눈에 넣는 그 녀석인가.”

일정 이상의 빛을 흡수해주는, 안약 형태의 매직 아이템이다.

눈에 바르면 일정 기간 동안 효과를 발휘한다.

이것으로 첫 번째 문제는 클리어.

그리고 성가신 점 두 번째.

그것은 순수하게 내부의 몬스터가 강하다는 점이다.

나오는 몬스터가 다섯 종류.

삼십 년 전에 도전했을 때에는 없었던 몬스터도 있다.

‘광뢰조(光雷鳥)’.

온몸에 번개를 두른 거대한 새이다.

비행 능력은 없지만 날개를 사용하여 번개를 날린다.

‘블리츠 스파이더’.

삼 미터가 넘는 거대한 거미다.

이빨에 마비독을 지녔고 입에서 내뿜는 실은 번개를 띠고 있다.

'볼트 슬라임'.

번개의 마력을 흡수하여 거대화한 슬라임이다.

통상 개체의 몇 배 크기로, 핵을 제외한 부분이 번개로 이루어져 있다.

'샤인 골렘'.

번개의 마력을 띤 골렘이다.

발광하여 상대의 눈을 망가뜨리고 완력으로 으스러뜨린다.

'라이트닝 드래곤'.

어스 드래곤이나 파이어 드래곤과 마찬가지인, 강력한 드래곤이다.

뇌(雷) 마장군을 제외하고 이 미궁에서 가장 강한 몬스터다.

엄청난 양의 마력을 체내에 비축하여, 발사하는 브레스의 위력은 얕볼 수 없다.

아마도 전투력이라면 파이어 드래곤도 웃돌겠지.

뇌 마장군에 대해서는 명확한 정체를 알 수는 없었다.

그저 온몸에 번개를 두른 인간형 몬스터라는 사실은 판명되어 있었다.

몇 가지, 짐작을 해두었다.

"이해할 수 있겠어?"

사전에 준비해둔 메모를 보여주고 재차 엘피에게 확인했다.

교국에 온 뒤로 태평하게 보낸 것은 아니었다.

이렇게 미궁의 정보도 열심히 수집했다.

"흠……. 이렇게 빽빽이 메모하고, 여전히 성실하네."

"당연하지. 나는 목숨이 걸려 있으니까. 이걸로도 아직 부족할 정도야."

"이오리는 모험가에 걸맞을지도 모르겠군."

"그럴지도."

그보다도, 실제로 모험가인데.

이 미궁의 몬스터는 하나하나가 성가시다. 어느 종류든 흙거미 수준의 위험성을 지니고 있다.

그 다음의 일도 생각해서, 마력 소모는 억누를 필요가 있었다.

특히 조심해야만 하는 것은 라이트닝 드래곤이다.

"이 녀석의 브레스는 범위가 넓어. 발사한다면 아무래도 방어 마법을 전개할 수밖에 없어. 발사하기 전에 처리하자고."

"내가 너를 안고서 회피하는 수단도 있다고?"

"……그러면 네 팔을 쓸 수가 없어. 그건 정말로 다른 방법이 없을 때만 부탁할게."

"뭐, 보통은 입장이 반대니까 말이지?"

"…………."

"토라진 이오리. 사랑스럽네."

"일일이 농담하지 말라고."

라이트닝 드래곤의 공격 패턴은 크게 분류하여 세 가지.
우선 할퀴는 공격, 물어뜯기, 꼬리 등을 이용한 통상 공격.
다음으로 번개를 두르고 가속하여 펼치는 돌진.
그리고 체내의 마력을 입으로 집중하여 발사하는 브레스.
통상 공격은 우리의 신체 능력이라면 문제없이 대처할 수 있다.
가속 돌진도 속도가 과한 탓에 직선상으로만 공격이 가능하다는 약점이 있다.
마지막 브레스는 발사할 때까지 몇 초의 시간차가 생긴다. 그것을 노리면 문제없겠지.
라이트닝 드래곤만이 아니라 다른 몬스터와 싸우는 방법도 이야기해두자.
빡빡하게 계획을 세우는 것은 도리어 좋지 않지만, 적에게 대처할 방법을 생각해두는 것은 나쁜 일이 아니다.
즉각적인 판단에 차이가 생기니까.
당연히 몬스터 이외의 상대 이야기도 해두자.
"그건 그렇고, 드래곤인가."
모든 이야기를 한바탕 마쳤을 때, 문득 엘피가 중얼거렸다.
"드래곤 이야기를 들으면, 항상 베르디아를 떠올리고 마네."
"……네가 굴복시킨 애완동물 드래곤이었던가?"
"음. 파이어 드래곤 희소종인 커스 드래곤이거든."

커스 드래곤.

온몸에 검은 비늘이 난, 검은 불꽃을 뿜는 거대한 드래곤이다.

돌연변이로 발생하는 희소종 중 하나인데, 수명이 길기에 누적된 개체 수는 많았다.

나도 두 마리 정도, 허공 미궁에서 싸운 기억이 있네.

"마왕성 근처에서 날뛰는 바람에 애를 먹었거든. 식량을 태우는 통에, 내가 직접 나가서 벌을 줬지."

분노에 미친 엘피의 모습이 눈에 선했다.

마왕을 하던 시절부터 이런 성격이었을 테지.

"그래서 조금 과하게 해버렸는데…… 왠지 날 따르더라고. 그 이후로 내 애완동물로서 마왕성에 뒀지."

"말을 들었다, 그러면 모르겠지만 드래곤이 그렇게 따르기도 하나? 드래곤은 마족이라도 사역하는 게 고작이라고 들었는데."

"베르디아는 똑똑한 아이였으니까. 나를 주인으로 인정했을 테지."

높은 지능을 가졌기 때문인지, 엘피가 마왕문(魔王紋)을 가졌기 때문인지.

뭐, 어느 쪽이든 상관없나. 그런 일도 있겠지.

"……귀여운 녀석이었어."

눈을 감고 그리워하는 말투로 엘피가 말했다.

그녀의 표정은 조금 슬퍼 보였다.

삼십 년 전의 애완동물이라면 이미 오르테기어의 손에 당했을 것이다.

"……너는 정말로 마왕답지 않네."

"뭐라고?"

"요리책을 쓴다든지, 드래곤은 애완동물로 삼는다든지, 일반적으로 생각하는 마왕의 모습과는 너무 동떨어졌어. 네가 마족을 이끌고 와도 전혀 안 무서울 것 같아."

진군 중에 배가 고프다고 시끄럽게 굴며 마왕성으로 돌아갈 것 같은 이미지마저 있었다.

"뭐…… 뭐라고. 이오리, 그 말은 그냥 넘어갈 수 없다고!"

"벌떡" 하고 자기 입으로 효과음을 내며 엘피가 기세 좋게 침대에서 일어섰다.

"나는 마왕이 되기 전부터 많은 마족들에게 두려움을 사던 존재였다고? 엘피스자크라는 말에는 모두가 벌벌 떨며 무릎을 꿇었을 정도로."

득의양양한 표정으로 엘피가 말을 계속했다.

"그리고 나는 역대 마왕 가운데 가장 마력량이 많아. 일부 마족에게는 '무한의 마안왕'이라고 불렸을 정도야. 후, 오랫동안 불리지 않았지만 무척 좋은 울림이군. '무한의 마안왕'."

"자칭이잖아, 그거."

"그…… 그, 그럴 리가 있나!"

정곡이냐.

"아, 아니야! 그, 그런 눈빛으로 보지 마!"

"알겠어, '무한의 마안왕'님."

"이오리이이이이!"

엘피가 격앙하여 덤벼들었다.

"윽."

침대에서 뛰어내려 회피했지만 시야에서 엘피의 모습이 사라졌다.

사각에서 오싹한 기척을 느꼈다.

몸을 반전시켜, 엘피가 뻗은 손을 뿌리쳤다.

동시에 다리를 걸었지만,

"안 통해."

엘피는 쓰러지지 않았다.

마치 거목에 발차기를 날린 것 같은 감각이었다.

역시 마력을 쓰지 않으면 이 녀석에게 공격은 안 들어가나.

"자, 마왕의 무서우우우움?!"

엘피는 한 걸음 내디뎠지만 이불에 미끄러져서 머리부터 돌진했다.

옆머리에 난 예리한 뿔 두 자루가 엄청난 기세로 다가왔다.

"투우냐, 너는……."

얼른 양손으로 뿔을 잡았지만 그 순간 맹렬한 중압감이 몸을 덮쳤다.

기초 완력의 차이인가, 그냥 돌진이라도 이런 위력이라니.

"으아……!"

"——."

견디지 못하고 등부터 바닥에 내동댕이쳐졌다.

엘피도 얼굴부터 쓰러졌다.

"으……윽."

아주 가까운 위치에서 엘피와 눈이 마주쳤다.

"————."

은색 머리카락에 금색 눈동자.

성격도, 목소리도, 용모도, 모든 게 다른데도.

금색 머리카락과 은색 눈동자를 보고 떠올랐다.

——아까부터 이건 뭐야.

내 위에 올라탄 채, 엘피가 멍청한 표정으로 말했다.

"뭘 하고 있는 거야, 우리는."

"……내가 알겠냐."

내가 묻고 싶을 정도다.

"흐, 크흐흐흐."

엘피가 더는 못 참겠다는 듯 웃음을 터뜨렸다.

그 모습에 한숨을 내쉬었다.

——웃기지도 않은 장난이다.

위에 올라탄 엘피가 찰딱찰딱 몸을 만졌다.

"이렇게 보면, 역시 이오리는 말랐네. 밥 제대로 안 먹으면 안 큰다고."

"딱히 이 이상 크고 싶지 않으니까."

——달짝지근한 감각에, 다정하게 썩어가는 감각.

"하지만 나쁘지는 않아. 음, 그럭저럭 탄탄하네."

"이봐, 슬슬 내려와."

"아니, 하지만…… 흠."

만지작대는 엘피의 손을 붙잡았지만 너무도 강한 힘에 떼어놓을 수조차 없었다.

무식하게 힘만 세서.

——대체 나는 언제부터.

"……무슨 일 있나!"

그때 문이 조용히, 하지만 기세 좋게 열렸다.

문 틈새로 남자 하나가 잽싸게 안으로 미끄러져 들어왔다.

"뭐야."

"어……."

후드로 얼굴을 가린 늘씬한 남자.

후드 아래로는 파란 머리카락이 엿보였다.

성당기사단 현 2번대 대장 대리——레오 윌리엄 디스플렌더인가.

그런가. 슬슬 약속 시간이었구나.

"노크를 해도 대답이 없는데, 투닥투닥 싸우는 소리가 들려서, 들어와 버렸는데……."

위에 올라타서 내 몸을 찰딱찰딱 만지는 엘피를 보고 레오가 너무나도 겸연쩍은 표정을 띠었다.

마치 한창 정사 도중에 그만 방 안으로 들어와 버렸을 때 같은 리액션이었다.

"……미안하네. 일단, 다시 나가지."

그러더니 레오가 방을 나가려고 했다.

"아, 아니, 너 잠깐!"

엘피가 그를 쫓아가서 꺅 꺅, 시끄럽게 떠들기 시작했다.

흐트러진 옷매무새를 다잡고 나는 휘청휘청 일어섰다.

어째서 이렇게, 조용히 행동할 수가 없나.

시끄러운 엘피를 보고 나는 또다시 한숨을 내쉬는 것이었다.

맥이 빠질 것 같은 시간.

시답잖다며 싸늘한 시선으로 보는 내가 있었다.

미지근한 물에 잠겨 있는 듯한 기분이었다.

그래도 이 순간만큼은 마음을 쉴 수 있다고.

그런 식으로 생각해버렸다.

죽여도 죽지 않을 것 같은 이 녀석은.

이 여자는── 엘피스자크는.

어차피 모든 복수를 마치고, 그 후에도 실실 웃고 있을 거라고.

그리고 달성감에 찬 얼굴로 내게 말을 건넬 거라고.

이때까지는 그렇게 생각했다.

그만── 생각해버렸다.

제3화 『신용하는 것은』

그녀는 항상 웃었다.

괴로워도, 슬퍼도, 아파도, 힘겨워도.

눈물을 참듯이 웃었다.

——그 서글픈 미소가 그의 마음에 새겨졌다.

"……정말로 안 나가도 괜찮나?"

"괜찮다고 그러잖아!"

의자에 앉은 레오가 떨떠름한 표정을 띠고 있었다.

엘피가 당황한 태도로 레오에게 호통을 쳤다.

시끄러워…….

"아니, 뭐냐. 사이가 화목하다는 건 좋은 일이라고 생각해. 하, 하지만, 시간을 생각해라! 아직 해도 안 졌는데, ……그, 그런 걸 하는 건 좀 어떠려나 생각한다고."

얼굴을 붉게 물들이고 레오가 우리한테서 시선을 피하며 남색 머리를 긁적였다.

무척 숫된 반응이네, 그런 생각을 했더니.

"아, 아까부터 너는! 무무무, 무슨 생각을 하는 거냐?! 착각하지 마라! 우리는, 그, 그런 그게 아니야! 단연코, 결코!"

엘피의 반응도 그에 뒤지지 않았다.
이봐, 백전연마의 연애 대마왕은 어디로 갔는데.
"진정해. 장난을 치던 건 맞지만, 네가 생각하는 그런 일을 하던 건 아니야."
"그래! 이 변태기사 자식!"
"너는 입 좀 다물어."
엘피를 침묵시키고 간신히 사태는 진정되었다.
레오는 부끄러운 듯 헛기침을 하더니 고아원 아이들에 대해 이야기를 시작했다.
"결과부터 말해서, 전원 무사히 도착했어. 받아들인 곳은 파미나야."
이곳 슈메르츠에서 그리 멀지 않은 장소에 있는, 교국의 도시 중 하나였다.
'성광신'이 찾아왔다는 기록이 남아 있는 성도 중 하나.
하지만 슈메르츠만큼 규모가 큰 도시는 아니어도.
어쨌든 이것으로 아이들은 슈메르츠의 분쟁에 말려들 일은 사라졌다.
걱정거리 없이 류자스를 죽이러 갈 수 있다는 의미였다.
"그리고, 다른 한 건은 어떻게 됐지?"
"그래. 어떻게든 수배했어. 3번대 도착이 예정보다 빠를 거라니까 조금 서둘러야 하는데."
다른 한 건.
그것은 기광 미궁 이야기였다.

현재 교국은 기광 미궁 토벌에 나서고 있었다.

왕국, 연합국, 제국.

이웃의 세 나라가 미궁을 토벌했는데 가장 신의 축복을 받고 있는 자신들이 못 할 리가 없다.

그런 식으로, 교국 내에서 미궁 토벌의 기운이 높아지고 원정에 나섰던 3번대 기사를 포함한 정예들이 기광 미궁에 도전하게 된 모양이었다.

슈메르츠의 무기점에서 무기가 매진된 것은 미궁 토벌을 위하여 성당기사단이 무기를 모았기 때문이겠지.

다른 가게에서도 무기가 매진된 것은 확인했다.

한순간 마왕군과의 전쟁을 시작할 생각이 아닐까, 그런 생각을 했지만 시기적으로 미궁 토벌 준비를 한다고 추측을 세웠다.

실제로 그것은 정답이어서, 교국 안의 정예가 슈메르츠로 모여들고 있었다.

조지나 마르크스 일당이 벌인 트러블로 도착은 살짝 늦어진다고 그러지만.

"3번대는 이르면 내일 밤, 늦어도 이틀 뒤 아침에는 도착해."

"……그런가."

확실히 여유는 그다지 없네.

미궁 도전이 허락되는 것은 교국이 선별한 정예뿐.

연합국과 달리 미궁 토벌 멤버를 모집한다든지 그러지

는 않는다. 그러기는커녕 관계없는 자가 미궁에 도전하려고 하면 처벌당하겠지.

미궁 입구에 깔려 있는 것은 교국이 준비할 수 있는 최대급의 결계와 경비 기사.

나와 엘피라면 돌파할 수 없지는 않겠지만, 원만하게 지나갈 수 있다면 마다할 이유는 없었다.

레오에게는 우리가 안전하게 미궁으로 들어갈 수 있도록 수배를 부탁했다.

혹시 거절당한다면,

"———."

세뇌 마법을 사용해야만 했을 터이나, 다행히도 레오는 부탁을 들어주었다.

레오 클래스의 상대를 세뇌하려면 품이 드니까 말이지.

들어주어서 정말로 잘 됐다.

"윽."

레오가 작게 숨을 삼켰다.

"왜 그래? 목이 마르다면 물이라도 주겠는데."

"아니…… 괜찮아."

미소를 띠고 손가락으로 물이 있는 곳을 가리켰다.

첫 만남이 그랬으니까 여전히 허물없는 말투지만 평소라면 존댓말을 써야 할 장면이었다.

다정하게, 정중하게.

"너희는 어째서 미궁에?"

"미궁에서 할 일이라면 하나밖에 없지."

"……그건 알아."

뭐, 지당한 의문이었다.

입장 상, 대답할 수는 없지만.

"나도 멜트 교단과 관련이 있는 몸이야. 소문 정도는 들어와. 연옥 미궁 토벌에 공헌한 건 '마장군 사냥꾼'이라는 이인조였다고."

"…………."

"사소(死沼) 미궁을 토벌한 것도 이인조 모험가였다고."

"……그게 이 이야기랑 무슨 관계가?"

내가 얼버무리자 레오가 한숨을 내쉬었다.

그리고, 툭.

내 어깨에 손을 얹었다.

"뭘 하고 있는지는 자세히 묻지 않겠어. 너희는 악인으로 보이진 않으니까."

"…………."

"하지만 너무 무리하지는 않았으면 해. 내 생명의 은인은, 살아있었으면 하니까."

그러더니 레오는 내 어깨에서 손을 뗐다.

……처음 만났을 때를 생각하면 상상도 할 수 없는 태도였다.

솔직히 말하자.

나는 이 남자를『신용』하지 않는다.

배신당한 아픔이 지금도 뇌리에 새겨져 있으니까.

하지만 동시에 이 남자라면 배신하지 않겠지, 그런 예감은 있었다.

나는 보는 눈이 없으니 크게 믿을 만한 예감은 아니다. 하지만 연합국에서 모험가들의 도움을 받고, 엘피의 말을 들은 뒤로 나는 결정했다. 눈앞의 상대가 믿어도 되는 상대인지, 판단 여부는 스스로 정하자고.

적어도 지금 그 말에서 악의는 느껴지지 않았다.

그럴, 터다.

"……그래."

레오의 말에 가볍게 고개를 끄덕여줬다.

처음부터 무리를 할 생각은 없었다.

어떤 싸움이든 가능한 한 준비를 갖추고 도전한다.

"…………."

그리고 대화가 끊어졌다.

방안을 점차 침묵이 뒤덮었다.

……아니.

아작아작, 엘피가 과자를 씹는 소리만이 들렸다.

"그래서."

갑자기 그 소리가 멎었다.

"우리는 어떻게 미궁으로 들어가면 되는데?"

그때까지 잠자코 있던 엘피가 침묵을 깨고 대화에 끼어들었다.

곁눈으로 "이제 괜찮겠지?"라는 시선을 보냈다.

"미안해. 본론으로 들어가지."

그 도움을 기꺼이 받아들여, 레오는 다시 이야기를 시작했다.

"내 권한으로, 다른 사람에게 들키지 않는 정도로 경비 기사의 교대 시간을 어긋나게 해뒀어. 불과 몇 분이지만 미궁 입구의 경비가 사라질 거야."

당연히 미궁 입구에 다다르려면 다른 경비를 넘어가야만 한다.

그 부분은 아무리 레오라도 어떻게 할 방법이 없었나보다.

"그거면 문제없어."

결계의 경우에는 한순간만 없애는 정도라면 오차의 범위로 취급되는 듯했다.

안에서 몬스터가 나오려고 결계에 공격을 가하면 살짝 시간차가 발생한다.

'스펠 디바우어'로 가볍게 손을 써도 그것이라 생각할 터.

들어가 버리면 뒷일은 어떻게든 된다.

나갈 때는 던전 코어가 사라져서 밖으로 도망치려고 하는 몬스터에 섞여 탈출할 생각이다.

무언가 이변이 발생해서 그럴 수 없는 경우에는, 상황을 보러 안으로 들어온 사람들 사이에 섞여도 된다. 최악의 경우, 안의 '전이진'을 사용하는 방법도 있다.

"……다시 한번 말하지. 둘 다, 무리는 하지 마. 은인이 죽는 건 이제 싫어."
레오가 걱정하는 말을 건넸다.
삼십 년 전의 나라면 무조건 받아들였던 말.
복수를 시작한 뒤로, 의심의 병에 빠지는 경우는 줄어든 것처럼 여겨졌다.
그럼에도 더 이상 무조건 믿을 수는 없게 되었다.
레오가 정말로 공백 시간은 만들었는지, 배신하지는 않는지 확인도 해야만 마음이 풀린다.
스스로 생각해도 의심의 뿌리가 깊었다.
"흥."
레오의 말에 엘피가 가슴을 펴며 코웃음 쳤다.
평소처럼 거만하고 자신감이 넘치는 태도로 엘피가 말했다.
"기대하도록 해. 어느샌가 미궁이 토벌되어서 마구 허둥대는 교단 녀석들의 얼굴을 말이야."
"……그래. 항상 생글생글 웃는 교단 사람들이 그렇게 되는 걸 보면 즐겁겠지. 꼭 보여줘."
쓴웃음을 띠고 고개를 끄덕인 뒤, 레오는 자리를 떴다.
"그럼 실례하지. 키리에가 불렀거든."
그런 자랑을 남기고 레오는 방을 나갔다.
또다시 방 안에 적막이 돌아왔다.
"정말이지."
한숨을 쉬고 엘피가 침대에 벌러덩 드러누웠다.

편안한 자세 그대로, 어이없다는 듯한 시선을 보냈다.

"그 살의에 가득 찬 미소는 어떻게 좀 안 되나? 저 기사가 겁먹었잖아."

"실례네. 다정한 미소라고 해줘."

"……이오리. 거울을 봐야 한다고 생각해."

시끄럽네.

"항상 불퉁한 표정인 탓에, 웃었을 때의 차이가 너무 크거든."

"그런가."

"솔직히 말해서 무섭다고."

"……그런가."

알게 뭐냐.

"그런 것보다. 공백 시간이 생기는 건 오늘 심야야."

이야기를 끊고 예정 확인을 진행했다.

출발 시각을 이야기하려고,

"그리고 출발 시각은 그보다 몇 시간 전――진위를 확인하러 갈, 까?"

내 생각을 읽은 것처럼 엘피가 선수를 쳐서 말했다.

……실제로 생각을 읽은 거겠지.

스스로 생각해도 단순하구나.

"……그래."

"음, 알았어."

온화한 미소를 머금고 엘피가 고개를 끄덕였다.

변태기사가 어쩌고 떠들어대던 녀석과 같은 인물이라는 사실이 놀라웠다.

"……하지만."

"뭔데?"

"조금, 기쁘네."

"……뭐?"

침대에서 몸을 일으키고 엘피가 은색 머리카락을 정리했다.

"우리는 그럭저럭 오래 여행을 했지."

"……그래."

"많은 인간, 아인을 만났는데, 너는 누구에게도 마음을 허락하지 않았어. 고양이 여자에게도, 비뚤어진 노인에게도, 귀족 여자에게도, 저 기사에게도."

그러니까――,

"그런 네가 나를『신용』해주고 있다는 사실이 기쁜 거야."

만면의 미소를 띠고 엘피는 기쁜 듯 그렇게 말했다.

"――――."

말문이 막혔다.

무심결에 엘피에게서 시선을 피해버렸다.

몇 초 후, 시선을 되돌리자,

"……크흐흐."

짓궂은 미소를 띤 엘피가 시야에 들어왔다.

"……엘피."

"크흐. 왜 그래, 이오리."
"여기저기 어질러져 있는 과자 부스러기 치워."
아작아작 과자를 먹은 탓에, 바닥에 과자 부스러기가 흩어져 있었다.
더럽다.
이제 곧 이 여관을 뒤로한다고는 해도 더러운 공간에 있고 싶지는 않았다.
"으응."
"지금 당장."
"크흐, 부끄러워서 그래?"
"시끄럽다고, 고물 마왕."
이름을 부르는 엘피를 무시하고, 잤다.

◆ ◆ ◆

——성도가 고요히 잠든 무렵.
기척을 죽이고서 우리는 밤의 거리로 나섰다.
불빛은 꺼지고, 이 시간에 돌아다니는 사람은 없다. 주위에 인기척도 없었다.
누군가 보는 감각도, 없었다.
"……어둡고, 조용하네."
"마르크스 일당 사건이 있었으니까. 표면적으로 그 녀석들은 아직 붙잡히진 않았어."

"밤에 돌아다니다가 유괴당하는 걸 무서워하는 건가."

대화를 나누며 미궁을 향해 나아갔다.

지금 우리가 할 수 있는 준비는 했다. 예상할 수 있는 케이스마다 대비책도 복수 패턴 준비했다.

몸 상태도 만전이었다.

심상 마법의 경우에는 아직 불확정 요소지만, 만에 하나의 경우에 결정패로 보존해두자.

주위를 신경 쓰며 좁은 통로 모퉁이를 돌려고 했을 때였다.

"!"

"읏."

갑자기 나타난 여자에게 부딪칠 뻔했다.

지난번의 핑크색 머리카락 여자와 부딪친 것을 떠올리며 휙 회피했다.

등장한 것은, 이 부근에서는 좀처럼 볼 수 없는 흑발 여자였다.

어둠 속에서 붉은 기가 도는 검은 두 눈동자가 빛나 보였다.

나이는 20대 전반 정도겠지.

"……괜찮아요?"

"…………."

여자는 말없이 고개를 끄덕이더니 시선을 흘끗 움직였다.

그 앞에는 "또냐"라며 수상쩍어하는 표정을 띤 엘피가

있었다.

"__________."

여자가 살짝 몸을 떠는 것을 알 수 있었다.

"……무슨 일 있어요?"

오른손을 비취의 태도로 떨어뜨리고 조용히 물었다.

"………….."

여자는 도리도리 고개를 가로젓고는 나를 피해 달려서 사라졌다.

그 뒷모습에 엘피가 마안을 향했다.

"음……?"

작게, 엘피가 혼잣말을 흘렸다.

"왜 그래?"

"……조금 묘한 느낌이 들었어."

"적인가?"

"아니, 그런 느낌이 아니야."

어쩐지 엘피의 태도는 불분명했다.

"다만…… 어쩐지 그리운 것 같은, 그런 느낌이 들었을 뿐이야."

애매한 말.

"……마족인가."

"아니, 보이는 마력은 인간의 것이었어."

"매직 아이템의 가능성은?"

"없어. 저 여자는 아무것도 안 차고 있었어."

잠시 엘피는 생각에 잠긴 듯한 거동을 보였지만,

"뭐, 내 착각이겠지. 그런 경우도 있어."

마안 사용을 멈췄다.

홍련의 눈동자가 황금색으로 돌아갔다.

"정말로 괜찮아?"

"음. 적의가 있는 것처럼 보이지도 않았으니까 말이야."

마음에 걸리는 것은 있지만, 언제까지고 이곳에 있을 수는 없었다.

여자가 떠난 방향을 흘끗 쳐다본 뒤, 우리는 앞으로 나아갔다.

◆ ◆ ◆

"……다."

적막한 성도 일각.

긴 흑발을 흔들며 그 여성은 작게 혼잣말을 흘렸다.

"……았다."

검붉은 눈을 놀란 희색으로 크게 뜨고, 입가에는 참을 수 없는 미소를 띠고 있었다.

움켜쥔 주먹은 가늘게 떨리고, 손톱이 손바닥에 박혀 있다는 사실을 여성은 깨닫지 못했다.

"……찾았다."

흑발 소녀과 은발 소녀가 사라진 방향을 보고, 여성은

다시 한번 중얼거렸다.

"——그 녀석이 말한 건, 정말이었어."

그 혼잣말은 누구의 귀에도 닿지 않고 밤의 어둠으로 녹아들었다.

제4화 『폭풍 도래』

어떤 그림책을 읽었다.

한 청년이 나쁜 마왕을 해치우는 이야기.

나쁜 마왕이 사라지고 모두가 웃으며 지낼 수 있는 평화로운 세계가 찾아왔다.

그런 오래된 동화.

모두 읽고서 그녀는 말했다.

"……나는 있지. 이 그림책 같은 행복한 세계를 만들고 싶어."

그것이 무리임을 알면서도.

기광 미궁은 슈메르츠 북부에 있다.

깎아지른 절벽에 커다란 구멍이 뚫려 있다.

그것이 기광 미궁의 입구다.

그 절벽을 중심으로 미궁 주위는 출입이 금지되어 있다.

당연히 미궁을 관리하는 성당기사단 이외의 인간은 아무도 다가갈 수 없었다.

그런 경계를 돌파하여, 우리는 기광 미궁 입구 근처까지 접근했다.

현재는 입구를 내려다볼 수 있는 큰 바위 위에 있었다. 미행당하지는 않았고, 또 경비 기사에게 발각되지 않았다.

사전 조사 결과, 레오가 우리를 함정에 빠뜨리려고 하는 흔적은 볼 수 없었다.

적어도 미궁으로 들어가려는 순간에 성당기사가 우르르 나온다……는 사태가 되지는 않겠지.

감시하는 기사가 움직이기를, 나와 엘피는 기척을 죽이고서 기다렸다.

기사들은 교대로 경비를 섰다.

어떻게 하는지는 모르겠지만, 레오는 그들이 교대하는 시간을 노려 미궁 입구에서 몇 분만 경비를 없애준다나.

혹시 아무 일도 일어나지 않는다면 경비 기사를 재우고 지나갈 생각이었다.

"입구는 변한 게 없네."

삼십 년 만에 본 기광 미궁의 입구.

절벽 아래에 있는 동굴이다.

떡하니 뚫린 구멍으로는 괴물의 입 같은 어둠이 펼쳐져 있었다.

내부에는 일체의 광원이 없으니까.

입구는 결계로 뒤덮여 있어서, 내부에서 흘러나오는 마소가 고여 있는 모습이 보였다.

상당량의 마소가 내부에 고여 있다는 증거겠지.

교국이 마지막으로 미궁 안의 몬스터를 토벌한 것은 몇 개월이나 전이었다고 들었다.

저 마소의 양을 보기에는, 대량의 몬스터가 북적거려도 이상할 것 없었다.

"……조용하네."

옆에서 바위에 앉아 있던 엘피가 은색 머리카락을 쓰다듬으며 중얼거렸다.

엘피가 말한 것처럼 미궁 부근은 그야말로 적막했다.

그도 당연하겠지. 이곳에는 경비 기사와 우리밖에 없으니까.

하지만 무슨 말을 하려는 것인지는 알 수 있었다.

팽팽하게 피부를 찌르듯 팽팽한 공기는 지금부터 미궁에 도전한다는 긴장감에서 기인한 것일까.

아마도 아니겠지.

예지나 기척 따위를 느낀 것은 아니지만――,

"마치 폭풍의 전조 같아."

"……그러네."

용사였던 무렵에 느낀 감각이었다.

사선으로 잠입하기 몇 시간 전부터 피부를 찌르는 것 같은 예감이 있었다.

무언가가 오리라는, 그런 예감이.

바라건대.

"……크크."
네가 어슬렁어슬렁 와주기를 기도하고 있어.
류자스 길버언.
너를 어떻게 죽일지는 이미 결정했으니까.
디오니스에 이어서, 기념할 만한 두 번째 파티 멤버다.
하나의 단락으로, 충분히 괴롭힌 다음에 죽여주마.
그 후로 한 시간 가까이 지났다.
레오가 말한 시간에, 미궁 앞의 경비가 사라졌다.
너무 정직한 거 아니냐…… 그렇게 생각했지만, 레오가 손을 써준 덕분이겠지.
말을 듣기로는 아슬아슬한 일을 하는 모양이겠네.
바위에서 뛰어내려 아래에 착지했다.
경비가 없는 입구 부근, 결계의 구조를 다시 확인했다.
복수의 술자가 합동으로 펼친 결계네. 대마법, 대물리, 어느 측면에서 봐도 상당히 튼튼하게 만들어져 있었다.
통상적인 방법으로 결계를 깨려고 한다면 상당한 시간이 걸리겠네.
"어때. 할 수 있겠어, 이오리?"
"문제없어. 하지만 없앨 수 있는 건 정말로 한순간이야. 타이밍을 놓치지 마."
하지만 우리는 통상적으로는 취할 수 없는 방법으로 결계를 없앨 수 있었다.
엘피 마안으로 결계의 기점을 찾아서 가장 효과적인 위

치를 확인한다.

던전 코어 세 개를 얻은 지금이라면 '스펠 디바우어'로 2초 정도 결계에 구멍을 만들 수 있겠지.

그렇게 분석하는 동안에, 뒤에서 움찔움찔 기분 나쁜 감각이 스쳤다.

"……누가 보고 있네."

돌아보지 않은 채, 엘피에게 작은 목소리로 고했다.

이미 알아차리고 있었는지 엘피도 작게 고개를 끄덕였다.

감각을 보아하니, 보고 있는 것은 둘 이상.

기척을 없애는 방법으로 미루어보아 성당기사단이 아니라는 사실을 알 수 있었다.

그럭저럭 떨어진 곳에 있으니 곧바로 손을 대려고 할 생각은 아닌 듯했다.

"……왕국의 마법사들인가?"

엘피의 물음에 즉답할 수는 없었다.

여기까지 오는 동안, 류자스는 우리에게 꼬리를 붙잡히지 않았다. 어째서 이제 와서 발각을 당할 법한 짓을 하는 걸까.

"떠오르는 가능성은 셋. 무언가 실패를 해서 우리에게 발각당했다."

가능성은 낮았다.

상대는 불완전할지라도 한 나라의 최고 전력이다. 그런 실수를 저지를 녀석이라고 생각하기는 힘들었다.

“두 번째는, 일부러 우리에게 발각을 당해서 무언가 행동하게 만들려고 한다.”

있을 수 없는 이야기는 아니지만 그럴 이유가 영 떠오르지 않았다.

우리는 처음부터 경계 중이고, 그건 상대도 알고 있을 터.

오늘까지 우리는 만전의 준비를 갖추었으니까.

그렇다면 또 하나의 가능성.

“왕국의 마법사가 아니라 다른 누군가가 우리를 보고——있나.”

“……그럴지도.”

교국의 인간……은 아니겠지. 발각당할 법한 실수는 저지르지 않았다.

무엇보다도 우리를 발견했다면 당장 이쪽으로 접근할 테니까.

다른 나라의 인간이라 생각하기도 어려웠다. 연합국과 제국의 인간이 이런 타이밍에 나올 것 같지는 않으니까.

……그렇다면.

“역시 조금 전의 여자를 보내지 않았어야 했나.”

“……그건 인간이었어. 매직 아이템을 사용하는 흔적은 없었다고.”

“네 존재를 알아차리고 있다면 마안 대책을 세웠을 가능성이 있어.”

“…………으음.”

어쨌든 생각에 잠겨 있어 봐야 소용없다.
교대 기사가 오는 것도 시간문제겠지.
이것도 일단은 예상하던 패턴 중 하나였다.
"간다."
"음."
경계 정도를 다른 방향으로 올려두자.
"——'스펠 디바우어'."
그 순간, 입구를 덮고 있던 결계의 일부가 소실되었다.
내부에서 걸쭉하게 고인 공기가 감돌았다.
"……가자고."
우리는 기광 미궁으로 발길을 들였다.

◆ ◆ ◆

미궁 안은 어두웠다.
이름 그대로 빛을 꺼리는 공간이다.
뚫린 경계에서 희미하게 달빛이 비쳐들었지만, 그것도 1초도 안 되어 사라졌다.
완전한 어둠에, 시선을 집중해도 제대로 앞이 보이지 않았다.
"이, 이오리……."
살짝 호흡이 거칠어진 엘피가 다가붙었다.
"괜찮아. 바로 불빛을 켤게."

사전에 준비해둔 매직 아이템 중 하나.
'부유광의 칸델라'를 파우치에서 꺼내어 마력을 실었다.
붉게 빛나는 구체가 나타나더니 우리 주위를 부유하기 시작했다.
손이 봉인되지 않고 주위를 밝힐 수 있는 편리한 물건이었다.
부유하는 빛이 미궁의 울퉁불퉁한 벽을 비추었다.
발밑도 또렷하게 볼 수 있었다.
"인간이 만든 아이템은 편리하구나."
"삼십 년 전의 물건은 좀 더 불편했어."
최근 삼십 년 동안에 마법도 진보한 것이었다.
"이거면 앞으로 나아갈 수 있겠는데."
"……여기서부터야."
기광 미궁의 성가신 점은 평소부터 어둠에 뒤덮여 있다는 사실을 들 수 있다.
그건 다시 말해, 빛을 비추면 당연히 내부의 몬스터에게 발각 당한다는 의미였다.
빛이 없다면 나아갈 수 없는 이상, 몬스터를 끌어들이면서 전진할 수밖에 없었다.
『쉬이이이.』
벌써부터 정면에서 블리츠 스파이더가 다가오는 것이 보였다.
사람을 내려다볼 수 있을 정도의 거대한 거미였다.

노란색과 검은색의 문양이 부유광에 비쳐서 잘 보였다.
"간다."
터덕터덕 다리를 움직이며 블리츠 스파이더가 다가왔다.
토해낸 실을 회피하고 비취의 태도로 머리와 몸통을 갈라놓았다.
둘로 나뉘고서도 블리츠 스파이더는 머리만으로 덤벼들었지만,
"――마왕 킥!"
엘피의 발차기를 맞고 미궁 벽에 격돌하여 으스러졌다.
마법을 사용하지 않은 그냥 발차기만으로 이런 위력.
이 녀석한테 붙잡히면 도망칠 수 없는 것이었다.
"흠. 한동안은 마왕 킥과 마왕 펀치만으로 충분하겠네."
팔다리를 돌리며 엘피가 득의양양한 표정을 띠었다.
"방심하지 마. 볼트 슬라임한테는 타격은 안 통하고, 블리츠 스파이더가 성가신 것은 원거리에서 공격을 가할 때니까. 방심했다가는 전직 마왕 둘둘말이가 완성이야."
"……어쩐지 맛있을 것 같은 울림이네."
맥 빠지는 반응이지만 엘피가 방심하지 않는 것은 알 수 있었다.
마안을 빛내며 항상 경계했다.
그녀의 표정은 평소와 달리 진지했다. 이런 분위기라면 괜찮겠지.
……그렇게 생각했건만, 일단 물어보기로 했다.

“엘피.”
“응?”
“준 안약은 넣었어?”
이 미궁은 갑자기, 흡수한 빛을 단숨에 방출한다.
그때의 빛을 직시하면 망막이 타서 실명해버린다.
“문제없어. 내 눈은 미궁의 빛 정도로 탈 만큼 무르지 않아.”
“……정말로 괜찮겠어?”
“이 미궁에는 몇 번이나 온 적이 있어. 그때도 내 마왕안은 이곳의 빛을 간단히 튕겨내고──.”
그 순간.
벽, 바닥, 천장──미궁 내부의 모든 물체가 엄청난 빛을 발했다.
아무런 전조도 없는 발광이지만 이미 대책을 세운 내게는 통하지 않았다.
안약의 효과에 따라 한계를 넘어선 양의 빛은 셧아웃된 것이었다.
빛의 타이밍을 노린 공격도 당연히 경계하고 있었다.
주위에는 아무런 기척도 없었다. 이 타이밍의 공격은 없을 것 같네.
문득 옆의 엘피에게 시선을 향했더니,
“으아…… 으아아아! 눈이! 눈이이이!”
두 눈을 누르며 굴러다니고 있었다.

"아파…… 무지하게 아파아……."
"바보냐, 너는."
"하지만! 전에 왔을 때는 정말로 안 아팠는걸!"
는걸! 이 아니잖아.
"빨리 일어나. 몬스터가 접근하고 있어. 꾸물댈 틈은 없다고."
눈을 누르며 울고 있는 엘피를 억지로 일으켜 세웠다.
억지로 안약을 넣고 우리는 전진했다.

◆ ◆ ◆

흑발의 소년과 은발의 소녀.
보고로 들은 두 명이 기광 미궁 안으로 들어가는 것이 보였다.
두 사람이 완전히 사라진 것을 확인하고, 밤의 어둠에서 줄줄이 세 그림자가 모습을 드러냈다.
"——저게 엘피스자크 길데가르드. 전락한 마왕인가."
"옆에 있던 건 아마도 용사겠군."
"저런 게 말인가? 그냥 인간으로밖에 안 보였는데."
등 뒤에 난 두 장의 날개.
검붉은 피부에 부릅뜬 커다란 노란색 안구.
두 팔에는 말뚝 같은 날카로운 손톱이 나 있었다.
사람이 아닌 자. 사람에게 해를 끼치는 마(魔).

——마족.

“겉모습에 속지 마. 그 아마츠랑 같은 용사라고.”

“알고 있어. 하지만 말이야, 아마츠랑 같은 용사랑 전직 마왕. 정말로 동시에 죽일 수 있을까?”

“뭐야, 다르. 겁먹었나?”

다르라고 불린 마족이 노골적으로 얼굴을 찌푸렸다.

“아냐. 궁금할 뿐이야.”

“그래서 그 셋이 나온 거야. 배신자 하프엘프랑 혼혈에 잘난 척하는 얼굴을 보는 건 마음에 안 들지만, 실력만큼은 진짜니까.”

말을 흘리는 둘에게, 한 마족이 “거기까지 해”라며 주의를 줬다.

“엘피스자크를 발견한 이상, 우리가 할 일은 하나야.”

“그러네.”

이 셋은 사천왕 ‘소실’이 정찰로 보낸 마족이었다.

슈메르츠를 둘러싼 대성문(大聖門)을 넘어, 성당기사에게 발각되지 않고 여기까지 숨어들 수 있는 정예.

그 높은 능력을 바탕으로 정찰 임무가 주어졌지만 전투에서도 인간을 유린할 수 있을 만큼의 힘을 지녔다.

‘산풍인(散風刃)’ 다르.

‘계육수(繫肉手)’ 시저.

‘빙격섬(氷擊閃)’ 벨라도라.

리더인 벨라도라가 이끄는, 그레이시아의 부하.

"시저. 그레이시아 님께 보고해. '목적하는 것'은 발견했다고, 말이야."

동료의 그 말에 시저가 고개를 끄덕였다.

건네받은 매직 아이템에 마력을 실어 먼 곳의 그레이시아에게 연락을 보내기 시작했다.

——그 순간.

"——?!"

셋의 주위를 결계가 빙글 뒤덮었다.

알아차리는 것과 동시에, 셋은 몸에서 급속히 힘이 빠져나가는 것을 깨달았다.

무슨 일이냐며 사태 파악에 애쓰려던 순간,

"——'리얼 슬래시'."

시저의 몸에 한 줄기 선에 생겼다.

머리에서 사타구니까지 주르륵 어긋나고, 이윽고 그의 몸이 둘로 나뉘었다.

"뭐야…… 이거!!"

"……호오. 둘로 갈려도 안 죽는 건가."

단면에서 가느다란 촉수가 자라고, 둘로 나뉜 시저의 동체를 다시 붙였다.

그곳으로 싸늘한 말과 함께 무수한 마법이 날아들었다.

"칫."

"시저어어어!!"

남은 둘은 회피에 성공했지만 재생 중인 시저는 마법을

맞고 완전히 소멸했다.

시저는 생명력이 강하지만 파편도 남기지 않고 사라져 버리면 어떻게 할 수도 없었다.

"……뭐냐, 네놈들은."

정신이 드니 남은 둘은 로브를 두른 인간에게 둘러싸여 있었다.

"성당기사…… 아니, 교국의 인간이 아니군. 그 로브…… 설마 왕국의 선정자인가."

"흥. 더러운 입으로 우리 이름을 부르는 건 사양하지."

왕국이 자랑하는 최고 전력, 선정자.

선정자 제1석, 해롤드 레벤스가 싸늘하게 말했다.

"……그런가. 용사를 지키기 위해서 경계하고 있었다는 건가."

"허."

벨라도라의 엉뚱한 말에 선정자들이 실소를 흘렸다.

그러는 동안에도 주위에 전개된 '대마족용 결계'가 둘의 힘을 깎아내고 있었다.

"네놈들은 선정할 것까지도 없다. 방해된다. 즉각―― 죽어라."

"!"

해롤드의 말을 신호로 선정자들이 일제히 움직이기 시작했다.

인간으로는 여겨지지 않는 그 민첩한 움직임에 벨라도

라가 눈을 부라렸다.

"이 자식들…… 잘도 시저를!!"

"조급해하지 마라, 다르!"

동료를 잃고 머리에 피가 오른 다르가 온몸에서 바람을 뿜어내며 땅으로 내려섰다.

다가오는 선정자들을 향해 바람의 칼날을 휘둘렀다.

인간이라면 간단히 절단할 터인 일격이었다.

"뭐야."

로브를 나부끼며 선정자들은 간단히 칼날을 회피했다.

그뿐만 아니라, 회피와 동시에 복수의 마법을 다르에게 날렸다.

"으윽!!"

바람을 두른 칼날로 마법을 절단했지만,

"——둔하군."

품속으로 파고든 해롤드의 칼날이 다르의 가슴을 갈랐다.

"커헉."

"정말이지…… 그 마족용으로 만든 결계였는데, 네놈들에게 사용하는 꼴이 되다니. 대체 비용이 얼마나 들었다고 생각하느냐?"

선혈을 뿜으면서도 다르가 최후의 카드를 해방했다.

——이름은 '카마이타치'

너무도 작은, 눈으로 보는 것조차 힘든 소규모 바람의 칼날이었다.

"칫."

"?!"

그 순간, 다르를 둘러싸고 있던 선정자들이 카마이타치를 회피했다.

아니다. 그중에는 미처 회피하지 못하고 대미지를 입는 자도 있었다.

하지만 그들 모두가 치명상은 피한 상태라 이미 다음 공격으로 넘어갔다.

"이런 지근거리에서 카마이타치를 피하다니."

"죽어라."

해롤드의 일격이 다르의 육체를 없애버렸다.

"……이 자식."

맥없이 당한 동료를 보고 벨라도라가 혀를 찼다.

확실히 선정자는 강하다. 하지만 만전의 상태라면 이들 셋이라도 충분히 싸울 수 있었으리라.

성가신 것은 자신들을 뒤덮은 결계였다.

대마족 결계. 마족의 힘을 빼앗는, 인간이 고안해낸 지긋지긋한 결계였다.

그것도 상당한 양의 마력이 실려 있었다.

해롤드가 말했다시피, 이것을 한 번 전개하는 데에도 엄청난 비용이 들 것이다.

"우리가 오는 걸 알고 있었나……?"

그렇지 않았다면 이상한 수준의 결계였다.

"……뭐, 됐다."

자신의 사고를 중단하고 벨라도라는 말했다.

"……모조리 죽이겠다."

그 순간, 결계 안의 온도가 급격하게 내려갔다.

동시에 으득으득 소리를 내며 벨라도라의 몸이 점점 얼음으로 뒤덮였다.

벨라도라의 별칭은 '빙격섬'.

그가 조종하는 물은 높은 공격력과 방어력 양쪽을 겸비했다. 시저와 다르, 둘이 덤벼도 진심을 발휘하는 벨라도라에게는 상대가 되지 않으리라.

"인간 주제에, 까불지 마라."

벨라도라 주위에 수십의 얼음 칼날이 전개되었다.

"……!"

선정자들이 순간적으로 방벽을 쳤다.

발사된 칼날이 탄환처럼 방벽에 박혔다.

"……쏴라."

벨라도라의 몸에 사방에서 마법이 박혔다.

하지만.

"안 통해."

얼음으로 만들어낸 갑옷이 일체의 마법을 튕겨냈다.

대마족 결계로 약해져 있으면서도 벨라도라의 힘은 압도적이었다.

얼음으로 만들어낸 칼날을 손에 들고 벨라도라가 선정

자를 덮쳤다.

"……과연, 선정자. 확실히 강해."

"……윽."

히죽, 벨라도라의 얼굴에 잔학한 미소가 드리웠다.

"——인간치고는 말이야."

형세가 역전되어 점차 선정자가 밀리기 시작했다.

조소를 띠며 선정자를 유린하는 벨라도라.

치명상은 피하고 있지만 선정자의 몸을 얼음 칼날이 조금씩 스쳤다.

이대로 전멸하는 것은 시간문제——벨라도라가 그렇게 생각한 순간이었다.

"!"

밀리고만 있던 선정자가 민첩한 움직임으로 벨라도라에게서 벗어났다.

여력이 남은 그 움직임에 위화감을 느낀 것과 동시였다.

——그 남자가 나타났다.

뿌연 적발, 짐승 같은 사나운 느낌이 엿보이는 두 눈.

손에 든 마법 지팡이와 궁정 마법사에게 주어지는 칠흑의 로브.

지독히 차가운 표정을 띤 오십 대 남자였다.

"……네, 놈은."

벨라도라는 이 남자를 알고 있었다.

수십 년 전, 멀리서 그의 모습을 본 적이 있었으니까.

일찍이 영웅 아마츠와 어깨를 나란히 하고 싸운 남자.
인간 최강이라고까지 칭송되던 마법사.
그 이름은,
"……'대마도' 류자스 길버언."
직접 본 것은 아니지만 벨라도라는 알고 있었다.
눈앞의 이 남자는 혼자서 일만의 군대를 궤멸로 몰아넣은 괴물임을.
"————."
류자스의 육체에서 마력이 뿜어 나왔다.
전성기에 비교하면 대폭 쇠했어도 그의 재능은 진짜.
선정자들은 류자스의 마법이 완성되기를 기다리던 것이었다.
붉은 눈이 벨라도라를 노려보고 있었다.
——아니다.
그 눈은 벨라도라를 보고 있지 않았다. 그보다 훨씬 뒤에 있는 누군가를 노려보고 있었다.
"이, 자식……."
'빙격섬'이라 불린 자신이 안중에 없다.
그 사실에 벨라도라는 격노했다.
"얕보지 마라, 인간 주제에에에에에에!!"
가진 모든 마력을 방출하여 벨라도라가 거대한 얼음의 칼날을 만들어냈다.
선정자 전원을 동시에 꿰뚫고도 남을 크기였다.

"사라져라, 구시대의 유물이이이이이!!"

절규와 함께, 칼날이 류자스를 덮쳤다.

반면에 류자스는 그저 지팡이를 휘둘렀다.

"——'로스트 매직 재화장염(災禍葬炎)'."

모든 것이 불꽃에 삼켜졌다.

칼날도 얼음도 갑옷도 벨라도라도 모두, 불길이 사라졌을 때는 이미 아무것도 남아 있지 않았다.

"준비는 갖추었다."

경비 기사를 재우고 주위에는 무음의 결계를 쳤다.

지금 처분한 마족들의 시체나 잔재를 일부러 그 자리에 남겨놓았기에, 기사들의 의식을 빼앗은 것은 마족의 소행이 될 것이다.

게다가 이 싸움이 드러나는 것은 날이 밝은 다음이리라.

그때까지 모든 것을 끝내면 된다.

"——간다."

적막은 끝났다.

폭풍이, 온다.

제5화 『그녀가 바란 세계』

"……나 있지. 이 그림책 같은, 행복한 세계를 만들고 싶어."

그런 세계는 만들 수 없다.

평화 따윈 찾아올 리가 없다.

마족과 인간은 받아들이지 못하고 서로를 죽일 수밖에 없다.

그렇게 알고 있을 텐데도, 그녀는 그렇게 말했다.

그녀의 옆얼굴은 참으로 슬퍼 보여서.

"……만들게."

"어?"

――무리를 해서 웃는 그녀를 봤다.

소중한 사람들을 잃고, 상처 입고, 슬퍼하고.

그러면서도 계속 무리를 해서 웃는 그녀를.

그 슬픈 미소를 진짜 미소로 만들 수 있다면 얼마나 좋을까.

그렇게 생각했기에.

"――내가 만들게."

그는 맹세했다.

그녀가 미소를 띨 수 있는 세계를 만들자고.

영웅이 되어 행복한 세계를 만들자고.

그것이 **그**와 **그녀**의 약속이었다.

◆ ◆ ◆

싫어하는 엘피의 눈에 안약을 넣고 미궁을 나아갔다.

경과는 순조로웠다.

슬로프처럼 뻗어 있는 통로를 타고 2층으로 올라갔다.

2층으로 들어서자마자 있는 방은 블리츠 스파이더의 둥지였다. 여기저기에 번개를 띤 거미줄이 쳐져 있고, 대량의 블리츠 스파이더가 기다리고 있었다.

방으로 들어가자 불빛을 알아차린 블리츠 스파이더가 움직이기 시작했다.

아무리 그래도 이런 숫자를 상대하는 것은 귀찮았다.

거미들이 덮치는 것보다 빨리, 나는 떨어진 곳에서 마법으로 불을 발사했다.

"——'파이어 불릿'."

불이 거미줄을 태우고 그 위에 있던 블리츠 스파이더들에게도 옮겨 붙었다.

역시나 이 정도로 죽는 몬스터가 아니지만, 거미줄이 불타자 패닉에 빠졌다.

그동안에 우리는 그 방을 지나갔다.

길을 막는 개체만 비취의 태도를 휘둘러 둘로 갈랐다.

지금이라면 모든 개체를 편하게 쓰러뜨릴 수 있을 테지만 쓸데없는 전투는 피해야 하니까 말이다.

방을 빠져나간 뒤에도 부유광에 이끌린 몬스터가 다가왔다.

벽이나 지면의 틈새에서 노란색 액체가 스미어 나왔다. 볼트 슬라임이었다.

"슬라임은 어쩐지 맛있어 보이는 외모라고 생각하지 않아?"

"마셔보면 어때. 톡톡 튀어서 맛있을지도 모른다고."

"음……."

"생각하지 마."

농담을 던지며, 길을 막는 슬라임을 상대했다.

타격이나 참격은 통하지 않고, 게다가 무기를 통해 전류를 흘려보내는 볼트 슬라임은 성가신 몬스터였다. 하지만 허를 찔리지만 않으면 대처는 어렵지 않았다.

모든 슬라임에게 공통된다고 할 수 있는 점인데, 액체 안에 떠 있는 핵을 박살 내버리면 간단히 쓰러뜨릴 수 있었다.

"'스톤 불릿'."

슬라임이 덮치는 것보다 빨리, 바위 탄환으로 핵을 쏴 맞췄다.

핵을 잃은 슬라임이 질척대는 단순한 액체로 돌아갔다.

"정확도가 대단하네."

"고마워. 저격도 실전 가운데 싫을 만큼 갈고닦았으니까."

살아남기 위해서 검술도 마법도 익혀야만 했다.

목숨이 걸려 있어서 그런지 『용사의 증표』 덕분인지, 습득하는 데에 그렇게까지 시간은 걸리지 않았구나.

기초를 익힌 뒤로는 그저 실전에 계속 임했다.

여행 도중에 그 녀석들에게 배운 것도 있었지만.

"흠. 마력은 어때?"

"아직 그럭저럭 여유가 있어. 이 정도라면 가져온 그걸 안 써도 될 것 같아."

두 번째 소환을 당한 직후를 생각하면 마력 총량도 상당히 늘었다.

마법사 평균 마력량보다도 살짝 많은 정도겠지.

"그렇다면 됐어. 무리는 하지 마."

"……그래."

슬라임을 저격하고 블리츠 스파이더를 돌파하며 3층으로 올라갔다.

현재 엘피는 공격용 마안은 한 번도 사용하지 않았다. 마왕 펀치네 마왕 킥이네, 맨손만으로 몬스터에게 대처할 수 있었다.

내 힘이 다소 돌아왔기에 이제까지의 미궁보다도 엘피의 부담이 적었다.

여기까지는 순조롭다.

"슬슬 상위 몬스터가 나와도 이상하지 않아. 조심해."

그러자마자, 미궁이 빛을 방출했다. 여전히 무서운 광경이었다.

처음에 호된 꼴을 당해서 그런지 엘피가 몸을 움찔 떨었다.

이윽고 발광이 약해지고 미궁이 다시금 점차 어둠으로 뒤덮였다.

완전히 빛이 사라지기, 바로 그 직전.

"온다, 이오리!"

부유광과는 다른, 어둠을 밝히는 다른 빛이 나타났다.

온몸을 빛내며 다가오는 바위 거인. 샤인 골렘이었다.

"뒤쪽에 다른 몬스터가 있네."

샤인 골렘 뒤에서 번개를 두른 새가 날개를 퍼덕이고 있었다. 광뢰조였다.

전위로서 샤인 골렘이 서고 광뢰조가 후위로서 번개로 엄호한다.

성가신 조합인데.

샤인 골렘은 외모를 보면 둔중할 것 같지만 반대로 움직임은 빨랐다.

어설픈 공격으로는 피해버리겠지.

『크에에에!!』

샤인 골렘을 피해서 광뢰조의 번개가 날아들었다.

"——훗."

앞으로 내디딘 엘피가 마력을 실은 그냥 발차기로 번개를 날려버렸다.

그때를 노리고 샤인 골렘이 주먹을 휘둘렀다.

사이로 끼어들어 유검으로 주먹을 받아넘겼다. 동시에 칼날을 돌려서 샤인 골렘의 하반신을 베었다.

골렘은 상당한 강도를 자랑하지만 비취의 태도는 지점토처럼 베어냈다.

오뚝이처럼 떨어지는 상반신을,

"마왕 키이이이익!!"

후방의 광뢰조를 향해, 엘피가 걷어찼다.

『그에—엑!!』

날아온 바윗덩어리에 짓눌려서 광뢰조가 으스러졌다. 즉사했을 테지.

"괜찮은 연계였네."

득의양양한 엘피에게 맞장구를 치고 전진했다.

그 뒤로도 열 번 이상, 연계를 취하는 몬스터와 만났지만 위험하지 않게 쓰러뜨릴 수 있었다.

역시 엘피는 마법이나 신체 능력만이 아니라 기술도 월등했다.

이제까지의 미궁도 그랬지만 이렇게 편히 진행할 수 있는 것은 엘피의 실력 덕분이겠지. 내게 맞춰서 완벽하게 움직여주는 것은 고마웠다.

4층부터는 나오는 몬스터의 숫자가 더욱 늘어났다.

부유광에 이끌려 큰 무리가 밀려들었다.—

나오는 몬스터 대부분이 연계를 취하며 숙련도도 높았다.

이제까지 미궁에 도전한 교국은 대부분이 4층보다 위로

진행하지 않았다.

최고 기록이 5층까지인 모양이었다.

5층에 올라간 자도 라이트닝 드래곤의 맹공으로 어쩔 수 없이 철수했다나.

정예가 모인 성당기사도 상응하는 희생을 각오해야만 하는 수준의 위험도라는 것이었다.

“여기서부터는 조금 진심을 발휘하지.”

엘피의 마안을 해금했다.

상대의 숫자가 많기에 엘피의 마안은 효과적이다.

‘중압궤(重壓潰)’, ‘회신폭(灰燼爆)’으로 몬스터 연계를 무너뜨리고 그것을 벤다.

서로 최소한의 부담으로 4층은 돌파할 수 있었다.

5층으로 올라갔다.

아마도 앞으로 두 층 정도면 최상층에 다다른다.

이전에 도전했을 때는, 기광 미궁은 6층까지밖에 없었다. 이제까지의 미궁을 생각하면 그렇게까지 크게 미궁의 구조가 변하지는 않았을 테지.

하지만 나오는 몬스터의 질과 양은 과거를 웃돌았다.

다시 말해——.

“!”

“……이건.”

방으로 들어서자마자 시야에 들어왔다.

5층으로 올라간 우리를 기다리던 것은,

『오오오오오오——!!』

라이트닝 드래곤의 무리였다.

금색으로 빛나는 비늘에 노란색 두 눈, 등 뒤에서 튀어나온 날개는 파직파직 번개를 발했다.

우리를 가뿐히 내려다볼 수 있을 만큼의 거구가 여섯, 유유히 그곳에 서 있었다.

"성당기사가 철수할 만도 하네."

불빛 탓에 기척을 죽이고 나아갈 수도 없었다.

이만한 몬스터를 정면으로 상대해야만 한다…… 그렇다면 어중간한 전력으로는 전진할 수 없겠지.

레오 클래스의 기사가 여럿 있다면 문제없이 전진할 수 있겠지만, 한 나라의 최고 전력을 승리의 확신도 없는데 미궁으로 보낼 수는 없겠지.

"이만큼 단번에 나오면 오히려 확 끓어오르는데!"

"안 끓어올라."

자. 이것이 첫 번째 관문인가.

"……밀고 나가자고."

"물론이야!"

여력은 충분.

앞으로는 얼마나 소모하지 않고 나아갈 수 있는지의 승부다.

"…………."

전투 가운데, 문득 떠올렸다.

삼십 년 전, 교국에 왔을 때의 일을.

그때도 이렇게 강력한 몬스터에게 둘러싸였는데, 말이다.

◆ ◆ ◆

삼십 년 전, 처음으로 토벌한 미궁은 왕국의 나락 미궁이었다.

국토에 둥지를 튼 몬스터나 마족을 토벌하고 내가 싸울 수 있게 된 뒤로, 나락 미궁에 도전했다. 그리고 그다음으로 향한 곳이 교국이었다.

용사는 성관신 멜트가 선택한 이계의 인간, 이라고 그러니까 말이지. 종교의 인연으로 교국이 선택된 거겠지.

류자스, 디오니스, 루시피나.

파티의 셋이 모인 것은 교국으로 가는 도중이었다.

셋이 모인 뒤로, 교국에 다다를 때까지도 이런저런 일이 있었다.

당시의 사천왕 '천변'과 처음으로 싸운 것도 교국으로 가는 도중이었구나.

——그저 원래 세계로 돌아가고 싶다.

그런 내 생각이 바뀌기 시작한 것도 이 무렵이었다.

"……용사님! 부디 파미나를 구해주세요!"

교국에 도착한 우리를 기다리던 것은 구조를 애원하는 말이었다.

성도 중 하나, 파미나가 마족에게 습격을 당했다.

사람들은 저항하고 있지만 이미 상당한 수의 사람들이 희생되었다나.

"세상에……."

입을 막고서 슬프게 눈을 내리까는 루시피나를 기억한다.

우리는 곧바로 파미나를 구하러 갔다.

"――――."

파미나에는 참상이 펼쳐져 있었다.

여기저기에 사람들의 시체가 굴러다녔다.

부모의 시체에 매달려서 우는 아이가 있었다.

치명상을 입고서도 즉사하지 못하여 도움을 바라는 기사도 있었다.

――수많은, 우는 모습을 봤다.

"――――."

부상당한 사람을 필사적으로 도우려고 하는 루시피나를 봤다.

울고 있는 아이를 도우려고 하는 류자스를 봤다.

괴로워하는 기사를, 표정을 숨기며 보내주는 디오니스를 봤다.

"――――."

도와주고 싶다, 생각했다.

구해야만 한다고 생각했다.

슬퍼하는 사람들을, 웃음을 띠게 해주고 싶다, 생각했다.

내가 심상을 품은 것은 이때였을지도 모르겠다.

"으……윽."

디오니스가 피를 흘리며 땅에 쓰러졌다.

거리를 점거한 마족 보스의 일격이 디오니스의 방어를 돌파한 것이었다.

"디오니스?!"

그쪽으로 정신이 팔린 순간,

"이런……."

다른 마족이 일격을 펼쳤다. 대처가 늦어져서 미처 회피할 수 없었다.

"——윽."

루시피나가 나를 감싸며 마족의 공격을 당했다.

가슴에서 피를 뿜으며, 루시피나가 피에 물들었다.

"루시피나?! 젠장, 어떻게 하면……."

동료를 잃을지도 모른다.

디오니스와 루시피나, 어느 쪽을 구해야 하는가.

다양한 감정이 뒤섞여 내가 움직이지 못하게 되었을 때.

"——바보냐."

펼쳐진 마법이 주위의 마족을 한꺼번에 날려버리고 불꽃이 길을 뚫었다.

"류자스……."

"일단 지금은 저 녀석들을 안전한 곳까지 물려. 여긴 내가 맡지."

"뭐……. 너 혼자 남겨두고 가라는 거야?!"
"그래. 빨리 가라. 루시피나가 죽는다고."
내 갈등을 끊어버리는 것 같은, 류자스의 차가운 말.
혼란에 빠져 있던 머리가 점차 냉정해지는 것을 느꼈다.
"……곧바로 돌아올게."
"그래."
동료가 죽게 내버려 둘까 보냐.
그 한마음으로, 나는 루시피나와 디오니스를 옮겼다.
그래서, 였을까.
"혼자여야, 된다고."
그때 류자스의 말과 일그러진 미소를 나는 마음에 두지 않았다.

"뭐야……."
루시피나와 디오니스를 마을의 사람들에게 맡기고 내가 전장으로 돌아오자 전투는 거의 끝이 난 상태였다.
여기저기에 대량의 몬스터가 굴러다녔다.
마족도 남은 것은 둘이었다.
"류자스……!"
그 광경의 중심에 너덜너덜해진 류자스가 서 있었다.
이만큼 부상을 당하고서도, 류자스는 우리를 지키기 위해 버텨주었다.
그때의 나는 그렇게 생각했다.

"……고마워, 류자스."

감사를 표하며 나도 얼른 가세했다.

남아 있던 마족도 류자스의 마법으로 너덜너덜했다.

접근하는 몬스터를 내가 쓰러뜨리고, 그동안에 류자스가 영창했다.

이윽고 류자스의 마법이 마족 보스를 없앴다.

"이겼어……."

"크, 하하. 해냈어. 해냈어, 해냈다고……!"

온몸에서 피를 흘리며, 주먹을 움켜쥐고, 기쁜 듯 웃는 류자스.

어째선지 그 미소를 또렷이 기억하고 있다.

이리하여 우리는 마족에게 습격당한 파미나를 구했다.

파미나에서 슈메르츠로 돌아온 우리를 기다리던 것은 열광적인 환호성이었다.

"용사님 일행이 왔어!"

"그렇게나 많던 마족을 쓰러뜨린 영웅……."

"'영웅 아마츠'다!"

많은 사람이 나를 영웅이라고 불렀다.

……영웅이라니, 시시하다.

나는 그런 식으로 생각했지만,

"……지 않네."

"……? 지금 뭐라고 그랬나요?"

"아니. 모두가 이렇게 웃어준다면, 영웅도 나쁘지 않다고."

어리둥절한 루시피나에게 그렇게 말하고 금세 부끄러워졌다.

고개를 돌리는 나를 보고 루시피나는 기쁜 듯 웃었다.

"그러네요. 당신에게는 모두를 웃게 만들 수 있는 힘이 있으니까요."

그 말도, 그 뒤의 내 심상을 형성한 요인 중 하나였을지도 모른다.

바로 그 후, 멜트 교단의 교황이 감사의 인사를 하러 왔다.

"아마츠 님. 이번에는 정말로, 감사합니다."

"아뇨……."

"이것도 멜트 님의 인도로군요."

뭐든 멜트와 엮으려고 드는 교황의 모습에 쓴웃음을 띠고 있었더니, 그는 내게 물었다.

여러분은 어째서 싸우느냐고.

"저는 귀족(鬼族)입니다."

"오, 귀족입니까."

"예. 그렇게 놀라시는 것도 지금은 어쩔 수 없는 일이겠죠. 하지만 저는 언젠가, 귀족과 인간이 손을 잡고 살 수 있는 세계를 만들고 싶습니다."

디오니스는 그렇게 말했다.

"그럼 루시피나 경은?"

"저도 디오니스 씨와 조금 비슷해요. 모든 종족이 손을 잡고, 웃으며 살 수 있는 세계를 만들고 싶다. 그래서 싸우는 거예요."

루시피나는 그렇게 대답했다.

용사로서 싸우기 시작하고 이미 반년 이상이 지났다.

그러는 가운데, 수많은 이들이 우는 모습을 봤다.

파미나의 전투도 그랬다.

그래서, 그렇겠지.

『모든 종족이 웃으며 살 수 있는 세계를 만들고 싶다.』

그 말이 마음에 새겨진 것은.

"그럼 아마츠 경은?"

교황의 그 질문에 나는 대답했다.

"저도 똑같아요."

이때, 나는 결심했다.

"──모두가 웃을 수 있는 세계를, 만들고 싶어요."

기만, 위선, 거짓.

가짜로 가득했던 삼십 년 전에, 내가 분명하게 품은 심상.

"그럼…… 응? 류자스 경은?"

"어─. 그는 지금 안색이 바뀌어서는 방을 나갔습니다. 속이 좋지 않은 게 아닐까요?"

어느샌가 류자스는 사라지고, 디오니스가 고개를 갸웃거리며 그렇게 대답했다.

"슈메르츠로 돌아온 뒤로 기분이 좋지 않은 것 같았으니……. 괜찮을까요."

"……그만한 전투를 치른 뒤니까요. 돌아올 것 같지 않

으면 살펴보러 다녀오죠."

"……예, 부탁드립니다."

그 후, 교황과 헤어진 뒤에 루시피나와 둘만 남을 기회가 있었다.

"저기, 아마츠 씨. ……이오리, 씨."

그녀에게만 가르쳐준 진짜 이름.

주저하는 기색으로 루시피나는 내 이름을 불렀다.

"왜 그래?"

"……아까 그 말은, 정말인가요?"

"아까……?"

기대하는 듯한, 불안한 듯한. 그런 표정이었다.

"정말로…… 이오리 씨는, 그게. 모두가, 웃을 수 있는 세계를……."

"……그래."

루시피나의 말에 고개를 끄덕였다.

"——내가 만들게."

삼십 년 전의 그날.

나는 루시피나와 그렇게 약속했다.

——그다음에 기다리는, 시답잖은 결말도 모르고서.

◆ ◆ ◆

"——'마완 괴렬단(壞裂斷)'."

엘피의 다섯 손톱이 라이트닝 드래곤을 도려냈다.

전투가 시작된 지 십오 분이 지났다.

지금 마지막 한 마리가 엘피의 일격으로 절명했다.

"……후우."

피 웅덩이 안에서 한숨 내쉬었다.

역시 드래곤이라고 할까, 상당히 품이 들었다.

엘피의 마완까지 나오게 되다니.

그렇지만 다행히도 마력 소비는 어디까지나 예상한 범위 안이었다. 이 정도면 충분히 싸울 수 있다.

"크흐."

"……뭐야."

앞으로의 전투를 생각하고 있는데 엘피가 작게 기분 나쁜 웃음을 흘렸다.

"크흐흐, 결국에 나한테 안기는 꼴이 되었네?"

단 한 번, 드래곤의 브레스를 회피할 때에 엘피에게 안겼다.

그 일을 말하는 거겠지.

"하지만 전과 비교하면 조금은 늠름해졌네. 음음, 조금 더 근육이 붙는 게 내 취향이라고?"

"시끄럽네."

"그렇게 수줍어하지 말고."

"수줍어할 요소가 없을 텐데."

"크흐. 그래그래. 전직 마왕인 내게, 마왕님께 안길 수 있다는 사실을 영광스럽게…… 아얏?!"

"마왕님께 안기는 게 뭐가 어쨌는데. 가자고."

"으으……."

드래곤의 시체를 넘어서 다음 방으로 향했다.

다른 라이트닝 드래곤과도 조우했지만 이번에는 엘피의 손을 빌리지 않고 쓰러뜨렸다.

다른 몬스터도 쫓아버리고 6층으로 올라갔다.

"……흠. 마소의 농도를 봐서는 여기가 최상층이라고 보면 틀림없겠네."

공기 중에 떠도는 마소가 파직파직 정전기처럼 튀었다.

이제까지의 미궁 최심부와 같은 정도의 마소량이었다.

경계도를 높이며 6층을 나아갔다.

그리고 수십 분 뒤, 우리는 최심부에 다다랐다.

"……저 방인가."

"있네."

방 안에서 피부를 찌르는 듯한 마력을 느꼈다. 틀림없이 라이트닝 드래곤을 아득히 뛰어넘는 존재가 기다리고 있다.

"두 번째 관문이야. 조심히 가자고."

"……음."

최심부의 방으로 걸음을 옮긴 순간이었다.

"……!"

전방에서 복수의 번개가 우리를 노리고 날아왔다.

회피하고, 공격을 가한 상대를 시야에 담았다.

그곳에 있던 것은 거대한 해골이었다.

삼 미터 가까운 거구에 붉은 망토를 둘렀다. 눈구멍에는 붉은 빛이 빛나며 우리를 노려보고 있었다.

"'그랜드 리치'인가."

스켈레톤 계열 몬스터의 최상위에 위치하는 몬스터.

강력한 마법과 신체 능력, 그리고 높은 지능을 겸비했다.

외모 때문에 몬스터로 분류되지만 마족이라 불려도 이상하지 않은 존재였다.

이 녀석이 뇌 마장군인가.

『한탄스러워.』

어딘가에 성대가 있는지, 뇌 마장군은 그렇게 중얼거렸다.

발언과 동시에 주위로 파직파직 번개가 번쩍였다.

『아아, 이 무슨 일인가! 추잡해추잡해추잡해! 인간과 배신자가 흙발로 내 성을 어지럽히다니, 있어서는 안 되는 일이야!!』

……시끄럽네.

염 마장군처럼 지능이 없는 몬스터가 가장 상대하기 편한데.

『――나는 오대마장군 중 하나, '뇌 마장군' 제라트!』

과장스러운 동작과 함께 뇌 마장군이 스스로 이름을 댔다.

이름 따윈 아무래도 상관없다.

이 다음에 대비해서, 이래저래 포석을 깔아두기로 하자.
『자, 네놈들을 물리쳐주겠다.』
대지를 핥는 번개와 함께, 뇌 마장군과의 싸움이 시작되었다.

제6화 『우스꽝스러운 왕』

뇌 마장군의 몸에서 무수한 번개가 발사되었다. 번개가 떨어지고 지면에 차례차례 박혔다.

하나하나가 상급 번개 마법에 필적하는 위력을 지닌 듯했다.

『——내 번개에 꿰뚫리도록 해라.』

망토를 펄럭이더니 뇌 마장군이 연극조로 그렇게 말했다.

그 직후, 번개의 기세가 강해지며 비처럼 쏟아졌다.

마장군인 만큼 내포한 마력은 상당했다. 아직 상당히 여력이 남아 있는 모양이네.

"엘피. 예정대로 나는 때를 봐서 준비를 진행할게. 맡겨도 될까?"

"물론이야."

번개를 피하면서 나누는 대화.

엘피가 힘차게 고개를 끄덕이는 것을 보고, 우리는 행동을 개시했다.

"번쩍번쩍 성가시다고."

엘피가 뇌 마장군에게 '회신폭'을 발사했다.

붉은 망토를 휘날리며, 뇌 마장군은 뼈로 된 그 몸에서는 상상도 안 될 만큼 민첩하게 회신폭을 회피했다.

『엘피스자크 길데가르드. 네놈의 힘에 대해서는 들었다. 온몸에 마가 깃든, 전직 마왕이여.』

“……호오.”

회신폭 다음으로 ‘중압궤’가 뇌 마장군의 머리 위에서 발생했다.

드래곤조차도 추락할 위력의 마안이지만,

『소용없다.』

뇌 마장군을 중심으로, 그 주위에 번개의 결계가 발생했다.

결계에 중력을 가해도 안에 있는 뇌 마장군에게는 닿지 않았다.

결계가 터지는 것과 동시에 엘피의 마안도 사라졌다.

아무래도 **모으지** 않은 마안으로는 뇌 마장군을 제압할 수 없을 것 같네.

『하지만…… 전직 마왕이라니, 우스꽝스러운 울림이야.』

방 안에 울리는 듯한 그 목소리에 희색이 섞였다.

어떻게 하는 것인지 뇌 마장군은 껄껄 목을 울렸다.

웃고 있나 보다.

“……무슨 말이 하고 싶은데?”

『옥좌에서 끌려 내려와서 땅에 떨어진 무참한 패배자. 이것을 우스꽝스럽다고 하지 않으면 뭐라고 하겠나.』

“……호오.”

『전직, 마왕. 이제는 ‘왕’도 뭣도 아니지. 그저 살아남아서 수모를 당하는, 그냥 마족이야.』

“………….”

말없이 엘피가 마안을 발사했다.

복수의 폭발이 뇌 마장군을 덮쳤지만 모두 번개로 대처했다.

반응 속도도 상당한 수준이네.

『왕이란 항상 우아해야만 하지. 네놈처럼 우아함과는 동떨어진 존재는, 처음부터 왕에 걸맞지 않은 것이다.』

붉은 망토를 과장스럽게 펄럭이며 연극 같은 움직임으로 양팔을 펼쳤다.

『나처럼 세련된 자야말로 왕에 걸맞은 것이다.』

그러면서 뇌 마장군이 망토를 더욱 펄럭거렸다.

대체 몇 번을 펄럭일 생각이냐.

"——해골의 왕 주제에, 잘도 말하네. 너, 어지간히도 죽고 싶은 모양이야."

엘피의 분위기가 변했다. 실내의 공기가 싸늘해지는 것 같은 감각이었다.

내포한 마력을 급격하게 끌어낸다는 것을 알 수 있었다.

『왕도 아닌 자가 왕에게 위협을 해봐야 우스꽝스러울 뿐이라고? 그리고 그 불경, 만 번 죽어 마땅하다. 허나 나는 관용적이야. 네놈 같은 자에게 무슨 말을 들을지라도, 나는 웃으며 용서해주다마다.』

반면에 뇌 마장군은 감정을 억누르는 기색도 없었다.

망토를 펄럭이며 여유 있는 태도로 엘피를 비웃었다.

"퍼덕퍼덕, 망토를 대체 몇 번이나 펄럭일 생각이야. 그게 왕다운 행동이라고 생각한다면, 그거야말로 우스꽝스럽다고."

『——용서치 않겠다!! 내 세련된 왕의 행동을 모욕하다니!! 네놈은 지금 당장 목을 졸라 죽여주마!!』

뇌 마장군이 격노했다.

웃으며 용서하겠다는 발언은 어디로 가버렸는지.

그때까지의 여유는 사라지고 번개가 채찍처럼 엘피를 덮쳤다. 반면에 엘피는 마완으로 번개를 튕겨냈다.

"………….."

이런 민첩함도 그렇고 방어력도 그렇고, 이전에 싸운 토 마장군보다 성가실지도 모르겠는데.

그렇게 관찰하면서도 나는 손을 계속 움직였다.

엘피가 상대해주는 덕분에 뇌 마장군의 무차별적인 낙뢰 공격은 멎었다. 그동안에 나는 사전에 준비해둔 장치를 차례차례 설치했다.

사용하게 될지는 아직 알 수 없었다.

어쩌면 헛수고가 될지도 모르지만, 유비무환이다.

『네놈도 왕을 내버려 두고, 대체 뭘 하는 거냐!!』

"!"

작업을 진행하는데 번개가 날아왔다.

비취의 태도를 들고 유검으로 번개를 받아넘겼다.

현재 준비는 거의 종료되었다.

이제는 타이밍을 가늠해서 마력을 흘려 넣으면 된다.

『어지간히도 나를 얕보는군!!』

파직파직 번개를 흩날리며 뇌 마장군이 외쳤다.

『'비'한테서 들은 대로, 네놈이 2대째 용사로군?』

"글쎄, 어떨까."

짜증나는 듯이 뼈를 울리면서도, 뇌 마장군은 방심하지 않고서 날 보고 있었다.

얕보는 것 같지는 하지만 경계를 게을리하지는 않는 듯했다.

"……'비'라고."

어찌된 영문인지 엘피는 뇌 마장군의 말에 표정이 험악해졌다.

그 '비'라는 게 뭔지 알고 있었을지도 모르겠다.

전투가 끝난 다음에 물어보자.

『하지만 소문에 듣기로, 그 아마츠라는 녀석한테는 도저히 미치지 못한다고. 빈약한 육체, 빈약한 마력. 어디까지나 평범한 인간의 영역을 벗어나지 않아.』

얕보는 듯한 말을 입에 담으면서도 뇌 마장군이 내뿜는 압박은 높아지고 있었다.

『그렇지만 네놈들이 미궁 셋을 함락시킨 것은 사실이지.』

"…………."

『이제까지 상대한 녀석들은, 죄다 단독으로 싸우는 데 너무 집착했어. 어리석다고밖에 논할 도리가 없지. 우매하고 구제할 길 없는 녀석들이야.』

뇌 마장군이 쿵, 바닥을 울렸다.

『그렇지만 어쩔 수 없는 일이겠지. 나와 녀석들에게는 결정적인 차이가 있으니까.』

대지가 흔들렸다. 흔들흔들하며, 지면에서 차례차례 하얀 무언가가 튀어나왔다.

『녀석들은 그저 개인. 하지만 나는 왕. 그것이 모든 것의 갈림길이지.』

연극조로 뇌 마장군이 말했다.

『——깨어나라, 나의 군대여.』

뇌 마장군이 망토를 펄럭였다.

그 직후, 우리 눈앞에 수십의 뼈가 늘어섰다.

'스켈레톤'이었다.

모든 스켈레톤이 손에, 우리를 향해 무기를 들고 있었다.

『——비웃어라. 무참한 마족과 우스꽝스러운 인간을.』

뇌 마장군의 말에 맞추어 스켈레톤들이 일제히 웃기 시작했다.

껄껄, 방 안에 메마른 조소가 울려 퍼졌다.

『——불경, 불경, 불경, 불경. 왕의 행동을 모욕한 것도, 왕을 능멸하려던 것도 만 번 죽어 마땅하다. 자신의 어리석음을 후회하도록 해라.』

스켈레톤의 숫자는 마흔 정도.

하나의 실력은 수준이 빤했다. 하지만 이런 숫자는 조금 성가신데.

“이오리, 예의 준비는 끝났어?”

“그래. 이제 마력을 흘려 넣기만 하면 돼.”

뼈의 군대를 앞에 두고 엘피가 후퇴했다.

“그렇다면 남은 건 저 뼈를 쓰러뜨리는 것뿐이네. 이오리, 저 뼈의 군대에 대한 지식은 있어?”

“일단은. 스켈레톤을 만들어내는 마법이 있겠지?”

“그래. ‘언데드 아미’라고 해. 스켈레톤 계열의 몬스터, 마족이 보유한 고유의 마법이지. 뼈를 매개체로 스켈레톤을 만들어내어 마법으로 조종해.”

그런 이름의 마법이었나.

그건 처음 듣네.

『후하하하하, 무서운가! 허나 이미 늦었다! 자, 유린해라!!』

뇌 마장군의 호령과 함께 스켈레톤들이 움직이기 시작했다.

창이나 검을 들고 일제히 돌격했다.

“마법으로 조종한다면 쉬운 방법이 있지.”

오른손으로 온몸의 마력을 집중시켰다.

마석도 심상 마법도 사용하지 않고, 지금 내가 가진 마력만으로 하는 마법 구사였다.

전성기에는 미치지 못할 테지만, 그럼에도 모은 다음에 발동하면 다가설 수는 있었다.

“――‘스펠 디바우어’.”

내 앞쪽에만 어둠이 펼쳐졌다.

돌격하던 스켈레톤이 그 어둠에 닿고 차례차례 원래의 뼈로 돌아갔다.
빼앗은 마력이 극히 일부지만 체내로 흘러드는 것을 느꼈다.
『마, 말도 안 돼?! 내 군대가 순식간에?!』
"한눈팔 틈은 없다고."
『뭐야?!』
옆에 서 있던 엘피한테서 마력이 분출되었다. 그 막대한 마력에 뇌 마장군이 숨을 삼켰다.
엘피의 두 눈이 홍련으로 번쩍였다. **모은** 마안을 기세 좋게 방출했다.
"——'마안 회신폭'."
순간적으로 뇌 마장군이 번개의 결계를 쳤다.
조금 전에 선보인 결계보다도 훨씬 큰 규모였다.
"소용없어."
하지만 폭발은 결계를 간단히 부수었다.
번개는 흩어지고 안의 뇌 마장군이 폭염에 삼켜졌다.
붉은 망토가 눌어붙고 뼈 몇 개가 산산이 날아갔다.
『이런, 곳에서……! 나는 언젠가, 마왕이——.』
뇌 마장군은 반격으로 전환하려 했지만 엘피의 마안이 그것을 허락지 않았다.
곧바로 중력이 쏟아지며 뇌 마장군을 지면으로 짓눌렀다.
"아무리 모양만 흉내 내려고 해도 네놈은 마왕이 될 수는 없어."

『뭣……이라.』

"……망토를 걸치든 왕관을 쓰든 옥좌에 앉든. 따르는 이가 없다면 그저 우스꽝스러울 뿐이야."

조용히 그렇게 중얼거리며 엘피는 마안의 위력을 높였다.

『이 몸이…… 왕이 될 수 없다고.』

중력에 짓눌리며 뇌 마장군이 고개를 숙였다.

으득으득, 그의 몸이 서서히 부서졌다.

포기했나.

그렇게 판단하려던 때였다.

『그럴 리가, 있느냐아아아아아아아아아앗!!』

뇌 마장군이 절규했다.

두 공동의 붉은 빛이, 아직 빛을 잃지 않았다.

"'플레임 불릿'."

뇌 마장군을 향해 얼른 마법을 쐈다.

"——베일 아웃!!"

그 직후, 머리와 팔만이 탄환처럼 사출되었다.

번개를 두르고 머리와 팔 두 개가 공중으로 떠올랐다.

플레임 불릿이 왼팔을 불태워도, 뇌 마장군은 남은 부위만 가지고 고속으로 이동하기 시작했다.

『나는 마왕이 될 존재! 이런 곳에서 죽지 않아!!』

"칫."

『네놈들에게 빼앗길 바에는, 내가 가지고 돌아가주마!!』

뇌 마장군이 팔을 날려서 방 가장 안쪽에 있던 던전 코어를 붙잡았다.

고정되어 있던 무지개색으로 빛나는 구체가 억지로 뽑혔다. 그 순간, 기광 미궁의 기능이 정지했다.

게다가 뇌 마장군은 던전 코어 뒤에 숨겨져 있던 엘피의 몸으로 손을 뻗으려고 했지만,

"——그리 두지 않아!"

사이로 마안이 날아들어, 빙글 반전했다.

『이건 주마. 어차피 네놈은 그것을 손에 넣을지라도 우리에게는 이길 수 없으니까!』

"억지 부리긴……!"

우리는 마법을 쐈지만 뇌 마장군은 가볍게 회피해버렸다.

다른 부위를 버려서 그런지 움직임은 무시무시할 만큼 빨랐다.

설마 몸을 버릴 수 있다니…….

『후하하하하하핫! 느려느려!』

뇌 마장군이 우리 옆을 스치고 방 입구를 향해 고속으로 날아갔다.

규모가 큰 마법을 쏘면 처리할 수 있겠지만 그래서는 던전 코어에도 피해가 미치고 만다.

위력을 억누른 마법을 연발해봐야 뇌 마장군한테는 맞지 않는다.

"……그걸 쓸까."

마력은 소비되지만 던전 코어를 상대가 가져가는 것보다는 나았다.

가능하다면 쓰고 싶지 않았던 방법을 쓰고자,

"———."

나는 움직임을 멈췄다.

엘피도 마안 사용을 그만뒀다.

『하하하하하!! 닿지 않아, 닿지 않는다고! 나는 벼락의 해골왕——그랜드 리치! 질주하는 번개를 누가 막을 수 있겠느냐!!』

비웃음을 남기고 뇌 마장군이 방에서 튀어 나가려던 그 직후였다.

"——허. 번개라는 건 꽤나 느리군?"

쉰 목소리와 함께 그늘에서 남자 하나가 나타났다.

방을 나가려던 뇌 마장군의 머리를 그 남자가 붙잡았다.

『뭐, 냐.』

뇌 마장군이 경악하여 소리쳐도 이미 늦었다.

"사라져라, 바람잡이."

우직, 소리를 내며 머리를 손으로 뭉갰다.

떠 있던 팔이 힘을 잃고 땅으로 떨어졌다. 그러던 도중, 던전 코어만이 남자에게 회수되었다.

손에 들어온 던전 코어를 보고 득의양양하게 웃더니,

"――여, 만나고 싶었다고."

류자스가 조용히 말했다.

그의 등 뒤에서 로브를 뒤집어쓴 남자들이 차례차례 모습을 드러냈다. 선정자였다.

아무래도 이 녀석들은 미궁에서 승부를 내겠다고 선택했나 보다.

"그래. 나도 만나고 싶었어, 류자스."

그리운 예전 동료의 모습을 보고 나도 마찬가지로 웃었다.

그래, 정말로.

뻔뻔스럽게 나와 줘서 고마워.

감사하고 싶은 기분이야.

간신히, 삼십 년 전의 정산을 할 수 있는 것이니까.

――너와의 인연도 이걸로 끝이다.

제7화『증오로 점철된 목소리를 들었다』

그녀와 맺은 소중한 약속.
그것이 이 세계에서 사는 그의 지침이 되었다.
그래서.
그녀가 바란, 행복한 세계를 만들기 위해서.

——그는 영웅이 되어야만 했다.

◆ ◆ ◆

"기뻐 보이네."
정신이 드니 나는 웃고 있었나 보다.
엘피의 지적에 간신히 깨달았다.
"당연하잖아?"
그야 웃을 만도 하지.
"이때를 계속 기다렸으니까."
두 번째 소환 이후로 이미 몇 개월이 지났다.
왕성에서 죽이지 못하고, 나락 미궁에서도 죽이지 못하고, 영산에서는 물러날 수밖에 없었다.
너를 죽이지 못했다는 것을 얼마나 분하게 여겼던가.
쑤신다. 그날, 그때부터, 네게 잘려나간 오른팔이. 욱신욱신, 욱신욱신.

네 비웃음과 함께 지금도 고통이 뇌리에 새겨져 있다.

하지만 그 아픔도 오늘로 끝이다.

왕성을 날려버릴 정도의 폭발도 지금 우리라면 대처할 수 있다.

'인과반장(因果返葬)'도 심상 마법을 쓸 수 있다면 튕겨낼 수 있겠지.

준비는 갖추었다. 이제는 착수하는 것뿐.

꿰뚫린 가슴의 아픔은 디오니스를 죽이며 치료되었다.

그렇기에 이 팔의 아픔도 너를 죽이고 잊도록 하겠다.

"———."

나만을 노려보는 류자스의 모습을 시야에 담고 위화감을 느꼈다.

그 정체를 금세 깨달았다.

잘려나갔을 터인 오른팔이 있는 것이었다.

저 녀석의 팔은 흔적도 없이 날아갔을 텐데.

완전히 사라진 팔을 재생하다니, 마족이나 몬스터도 아닌 이상은 불가능할 터.

그렇다면 타인의 팔을 이식했든지, 혹은 의수를 달고 있는 걸까.

"허, 신경 쓰이나?"

붕대가 감긴 팔을 류자스가 과시하듯 들었다.

다른 사람도 아니고 저 녀석이다. 그저 팔을 원래대로 만들었을 뿐은 아닐 테지. 저 오른팔은 경계해두자.

“——아마츠키 이오리. 추락한 용사여.”

류자스를 밀어내고 한 남자가 앞으로 나왔다.

선정자의 로브를 걸친, 신경질적으로 보이는 남자였다.

분위기와 행동거지로 보기에는 아마도 선정자를 통솔하는 제1석이겠지.

“왕국을 배신하고, 국보를 탈취하고, 더군다나 멜트 님께 선택을 받고서도 마족과 행동을 함께한다. 있어서는 안 되는 일이다.”

선정자의 숫자는 열다섯 명.

엘피에게 시선으로 물었는데 복병이 있는 낌새는 없었다. 적의 숫자는 류자스를 포함해서 열여섯 명인가.

여기까지 아무 문제도 없이 오지는 않았는지 부상당한 녀석이 몇 명인가 있었다. 전투에 지장이 없는 정도로는 치유한 모양이지만.

“네놈은 멜트 님, 그리고 영웅 아마츠의 위광을 더럽혔다. 이제 네놈은 이 세상에 있어서는 안 되는 존재다.”

선정자들이 일제히 붉은 빛을 발하는 결정을 꺼냈다.

안에 마법을 봉인해둔 거겠지.

“선정자 제1석. 해롤드 레벤스의 이름 아래, 최후의 선정을 내린다.”

선정자들이 결정을 으스러뜨렸다.

부서지는 소리와 함께, 내포되어 있던 마법이 해방되었다.

“——‘용사’ 아마츠키 이오리. 네놈들은 이곳에서 죽어라.”

공간이 구불구불 일그러지고 방이 점차 마법에 침식되었다.

"……이건."

"왕국의 위광에 엎드리도록 해라."

마안을 전개한 엘피가 눈을 크게 떴다.

"──'디 앱솔루트 레기온'."

자신을 해롭드라고 한 선정자가 마법 이름을 입에 담은 순간, 방이 완전히 결계에 삼켜졌다.

지정한 영역을 집어삼키는 침식형의 결계 마법인가.

"왕국이 고안해낸 궁극의 침식 결계다. 꼼짝도 할 수 없을 테지?"

"……음."

온몸에 마력이 휘감겨 있는 감각이었다.

움직임은 물론 체내의 마력을 움직이는 것조차 저해되는 것 같았다.

막대한 마력을 가진 엘피도 표정이 험악해졌다.

"인간, 아인, 마족의 구별 없이 우리에게 위해를 끼치는 자는 이 결계에 사로잡힌다. 모험가, 마법사, 성당기사, 마장군, 사천왕, 마왕. 모든 상대와의 전투를 상정한 결계이지. 용사일지라도 이 결계 안에서는 쉽게 죽일 수 있겠지."

……움직임을 막는 것만이 아니구나.

생명력과 마력이 깎여나가는 것을 알 수 있었다. 결계 안에서의 전투는 확실히 압도적으로 불리했다.

느낌을 봐서는 스펠 디바우어를 사용해도 안쪽에서는 결계를 파괴할 수 없겠지.

그렇군.

마르크스의 저택에 설치되어 있던 대량의 결계. 역시 그건 우리를 결계로 어느 정도까지 봉인할 수 있는지 실험했던 거겠지.

보아하니 이 '디 앱솔루트 레기온'이라는 녀석을 전개하려면 엄청난 양의 마력이 필요하다.

가볍게 어림잡아도 준국가 레벨. 도저히 연발할 수 있는 물건이 아니었다.

그렇기에 다중결계로 충분히 우리를 묶어둘 수 있다는 사실을 확인하고서 이 결계 사용에 착수했을 테지.

"――자. 그럼 처형을 시작할까."

해롤드의 호령과 함께 선정자가 진형을 짜기 시작했다.

류자스와 선정자 셋을 후위로 두고 남은 전원이 전위로서 앞으로 나섰다.

이대로 싸우면 패색은 농후했다.

그래서.

"…………."

『홍련의 갑옷』을 흔들고 왼손을 앞으로 내질렀다.

공간에 마력을 흘려 넣은 순간, 방에 설치해둔 **결계**가 작동했다.

"――**뒤덮어라**."

그 순간, 절왕(絕王) 영역의 지배권이 내게 이동했다.

몸에 걸리던 중압감이 소실되었다.

그 대신, 조금 전까지 우리가 느끼던 중압은 현재 선정자들을 덮쳤을 것이다.

"뭐냐……."

선정자와 류자스가 눈을 부릅뜨는 가운데, 웃으면서 말했다.

"──자, 복수를 시작할까."

영산, 그리고 마르크스의 저택.

그중 어느 곳에서든 저 녀석들은 결계를 계속 사용했다.

이유는 둘.

첫 번째는 왕국 안에서 특히 발전한 것이 결계 계열의 마법이니까.

그리고 두 번째는 나와 엘피를 경계하고 있으니까.

인간과 마족을 비교하면 개개인의 실력에 큰 격차가 있다. 처음부터 가진 신체 능력과 마력량이 크게 다르기 때문이다.

그것은 용사와 인간에게도 똑같이 적용된다.

선정자라고는 해도 우리가 만전의 상태로 싸울 수 있는

환경에서는 승산이 없음을 이해한 거겠지. 그렇기에 자신들이 유리하게 싸울 수 있는 상황을 만들어낼 필요가 있었다.

방법은 두 가지. 자신들의 능력을 올리거나 상대의 힘을 내린다.

그들은 양쪽 모두를 선택했다. 그것이 바로 이것, 절왕 영역이다.

상대의 힘을 깎아내고, 게다가 깎아낸 힘을 자신들의 것으로 삼는다. 나는 몰라도 엘피조차 묶인다니 상당한 강도였다. 확실히 궁극이라 호언장담할 만큼의 수준이기는 했다.

그렇기에 의도대로 진행되어 웃음이 멈추질 않는다고.

"뭐, 뭐냐…… 이건……."

"너희가 결계를 사용할 건 처음부터 알고 있었어. 그래서 대책을 세웠을 뿐이야."

뇌 마장군과 한창 싸우는 도중에 설치한 것은 결계였다.

——'카오스 오버라이드'.

단독으로는 아무런 효력도 없지만, 이 결계 위로 마법적인 영역을 전개할 경우에 그곳의 지배권을 박탈하는 설치형 결계다.

설치하는 데에 시간이 걸리면서도 사용할 만한 상황이 적은 성가신 결계지만, 이번에는 도움이 되었구나.

"총원, 일시 철수해서——."

"보내줄 리가 없잖아?"

침식한 공간을 고정해서 방 입구를 봉쇄했다.

"류, 류자스! 어떻게든 안 되겠나?!"

"……당장은 무리겠군. 부수려고 하든 도망치려고 하든, 몇 분은 걸려."

"도움도 안 되는 자식……! 지금 당장 결계 해제에 착수해라!!"

해롤드가 류자스에게 화를 내고 나를 돌아봤다.

"총원, 전투태세."

"옛!"

"……얕보지 말라고, 아마츠키 이오리. 우리가 결계 대책을 세우지 않았을 거라고 생각했나?"

선정자들이 두른 로브가 어렴풋이 빛을 발했다.

마법이나 결계의 효력을 약화하는 매직 아이템이겠지.

"결계를 빼앗아서 잔뜩 신이 났을 테지만, 우리는 아직——."

"그딴 말은 이제 됐어. 얼른 덤벼라, 선정자."

"——읏. 전투를 개시한다!!"

선정자가 세 방향으로 전개했다.

좌익과 우익, 해롤드와 두 명은 중앙에 자리 잡았다.

류자스는 전투에 가담하지 않고 결계 해제를 맡은 모양이었다.

저 녀석을 전투에 사용하지 않는다니, 제정신인지 의심

되는 배치인데.

태도를 보아하니 무언가 반목이라도 있는 거겠지. 참으로, 아무래도 상관없지만.

"매번 그렇지만, 왕국의 인간은 잘도 짖어대는구나. 귀가 아파서 참을 수가 없네."

"장황한 서두를 정말로 좋아하는 녀석들이겠지. ……엘피, 류자스한테서 눈을 떼지 말아줘."

"맡겨둬. ……흠, 마안 대책은 되어 있나."

후위의 류자스 쪽을 지키듯 몇 겹이나 방벽이 전개되었다.

저래서는 마안으로 쏘아 맞힐 수는 없겠네.

하지만 아무런 문제도 없었다.

"간다."

"흠, 유린해주지."

전투가 시작되었다.

세 방향에서 각기 다른 마법이 날아왔다.

스펠 디바우어로 무력화하고, 그 다음에 엘피가 중앙에 회신폭을 때려 넣었다.

"방벽!"

해롤드의 지시와 함께, 류자스를 제외한 후위가 벽을 만들어냈다.

방벽은 흔적도 없이 날아갔지만 이미 그들은 이동하고 있었다.

또다시 세 방향에서 마법이 날아왔다.

아니, 마법만이 아니었다.

화려한 마법에 숨어서 나이프나 단검, 화살 같은 무기도 날아오고 있었다.

스펠 디바우어 대책인가.

비취의 태도로 마법과 무기를 베어서 떨어뜨렸다.

"이오리, 그 화살은 건드리지 마."

"!"

엘피의 지시에 따라 화살은 건드리지 않고 회피했다.

그 직후, 화살의 형태가 변하고 안에서 하얀 실이 거미줄 모양으로 퍼졌다.

"……흙거미의 거미줄인가."

검으로 베려고 했다면 귀찮은 일이 벌어졌겠네.

"주의해. 녀석들이 가진 무기에 매직 아이템이 몇 가지 섞여 있어."

엘피가 말하다시피, 녀석들의 공격 가운데 이따금 성가신 매직 아이템이 섞여 있었다.

흙거미의 거미줄만이 아니라 품고 있는 화살이 튀어나오는 구체, 폭발하는 나이프, 연기를 뿜는 단검 등이었다.

그중에는 토 마장군의 이빨을 이용한 것으로 여겨지는 물건도 있었다.

"——'아쿠아 월'."

공격을 빠져나가서 우리가 접근하려고 하면 반드시 앞에 벽이 만들어졌다.

그동안에 선정자들은 우리에게서 거리를 벌렸다.

마안을 경계하여 후위의 방벽이 늦어지지 않는 거리를 유지하는 거겠지.

방벽으로 마안을 늦추고 그동안에 회피한다.

마법과 신체 능력, 양쪽 모두 높은 수준이기에 가능한 움직임이었다.

후위의 마법사도 해롤드의 움직임에 맞추어 이동했다.

류자스는 아직 결계 해제에 몰두하는 듯했다.

"…………."

명백하게 시간을 버는 움직임이었다.

류자스가 결계를 풀기를 기다리는 거겠지.

"오래 끌어봐야 귀찮아져. 결판을 내러 가자."

절왕 영역이 선정자들로부터 깎아낸 힘은 나와 엘피의 것이 된다.

심상 마법을 사용할 때 정도는 아니지만, 평소보다는 훨씬 더 효율적으로 움직일 수 있게 되었다.

지금이라면 그 기술을 사용하는 것이 가능했다.

"――마안 회신폭."

"방벽!"

엘피의 마안에 맞추어 완벽한 타이밍에 방벽이 전개되었다.

마안이 도달할 때까지 걸리는 잠깐의 시간을 선정자는 완전히 파악하고 있겠지.

그렇기에 나도 타이밍을 맞출 수 있었다.

"제2귀검——'괴렬(乖裂)'."

마력을 두르고 비취의 태도를 휘둘렀다.

미궁의 지면을 도려내며 참격이 날아갔다.

방벽에 회신폭이 착탄하는, 일 초도 안 되는 사이. 그곳으로 참격이 파고들어 방벽을 가로로 양단했다.

"뭐——."

그것으로는 그치지 않고 참격은 뒤에 있던 선정자의 몸통을 갈랐다.

몇 명인가는 도망쳤지만, 직후에 도달한 회신폭에 삼켜져서 흔적도 없이 사라졌다.

이것으로 우익의 선정자는 전멸했다.

그것만으로는 끝나지 않았다.

회신폭은 선정자만이 아니라 미궁의 바닥을 크게 날려버렸다.

폭염이 퍼지고 바닥의 파편이 후위에 있는 선정자들의 시야를 봉인했다.

"'훨 윈드'."

곧바로 해롤드가 폭염을 바람으로 날려 보냈지만, 늦었다.

우리의 신체 능력은 결계 덕분에 향상되어 있었으니까.

"——'마완 궤렬단'."

"뭐, 억."

"갸아아아아악."

좌익의 선정자들이 엘피의 마완을 맞았다. 팔다리가 잘려나가 절규했다.
그동안에 나는 중앙의 해롤드에게 칼을 휘둘렀다.
"훗――!!"
"얕보지 마라!!"
허를 찔러서 베었지만 해롤드는 훌륭히 대응했다.
휘두른 일격을, 검을 뽑아서 방어했다.
칼날과 칼날이 교차한 순간, 둔한 소리를 으득 울리며 해롤드의 양팔 뼈가 부러졌다.
"기, 가아아악?!"
제5귀검――'쇄충(碎衝)'.
충격을 무기 너머로 상대에게 전하여 뼈를 부수는 기술.
반응속도는 대단했지만 이것을 받아넘길 정도의 기술은 없는 듯했다.
"1석!"
"이 자식!!"
해롤드를 감싸듯이 선정자 둘이 내게 검을 휘둘렀다.
칼날 하나는 유검으로 받아넘기고, 다른 하나는 반격으로 나서서 베어냈다.
결계 덕분에 움직임이 둔했다.
로브 덕분에 움직이고 있지만 완전히 막아낼 수는 없었나 보다.
남은 하나도 그대로 베어서 죽였다.

"이 자식……!"

"……빠르네."

후퇴한 해롤드의 팔은 이미 나아 있었다.

지금 한순간에 치유 마법으로 부러진 양팔 뼈를 치료했나.

"1석인만큼 실력은 확실한가."

"——뭐, 우리한테는 못 미치지만 말이지?"

그때, 좌익을 전멸시킨 엘피가 옆으로 다가왔다.

"말도 안 돼…… 선정자가, 고작 이런 시간 만에."

남은 것은 넷.

해롤드와 후위의 선정자 둘, 그리고 류자스.

이 전투의 추세는 결정되었다. 이레귤러만 없다면 우리의 승리다.

"류자스! 아직 결계는 못 풀었나?!"

해롤드가 매달리듯 류자스를 봤지만 결계는 아직 해제되지 않았다.

풀리는 감각은 있지만 이런 페이스라면 아직 삼 분 이상은 걸리겠는데.

"뭐가 '대마도'냐!! 도움 하나 안 되는 자식!!"

히스테릭하게 외치는 해롤드를 보고 그만 웃어버렸다.

"허. 이봐, 류자스. 저런 소릴 하는데?"

"…………."

"이, 이럴 리가! 어째서 이런 녀석들한테 우리가 몰려버렸지?!"

류자스는 마법사다.

거리가 있는, 혹은 전위가 기능한다면 영산 때처럼 상당히 성가신 상대가 된다. 하지만 접근할 수 있다면 나락 미궁 때처럼 간단히 쓰러뜨릴 수가 있다.

요컨대 이 녀석들은 류자스를 잘못 사용했다.

"슬슬 끝내기로 할까."

"자…… 잠깐! 아마츠키 이오리, 왕국으로 돌아와라! 지금이라면, 너를 용서하자고 내가 국왕 폐하께 진언하지! 거기 마족도 보내주마! 어떠냐?! 나쁘지 않은 조건이지?!"

"……또, 항상 그러듯이 목숨 구걸인가."

어이없어하는 엘피의 목소리가 들렸다.

하지만 이 녀석이 목숨을 구걸해봐야 아무것도 느껴지지 않는다.

처음부터 이 녀석한테 흥미 따윈 없었으니까.

"……방해된다고, 너."

"윽. 류자스!! 빨리 결계를 풀어라!! 아직이냐?! 네가 미궁에서라면 쉽게 죽일 수 있다고 그랬으니까, 굳이 여기까지 왔는데!! 궁정 마법사라는 건 대체 뭘 위해서 존재하는 거냐!!"

"…………."

여전히 말없이, 류자스는 결계에 대한 간섭을 그만뒀다.

"뭘 하는 거냐?!"

이제 와서 내분이냐.

동료에게 매도당하는 류자스를 보는 것은 나쁘지 않은 광경이네. 하지만 무언가 당하면 성가시다.

빨리 전투를 끝내기로 하자.

"오지 마라! 젠장, 류자스!! 뭐든 상관없어!! 어떻게든 해라!!"

"……알았다."

그 순간.

"―――――."

해롤드와 후위의 선정자 두 명의 복부에서 나뭇가지 같은 것이 자라났다.

나뭇가지는 그대로 우리에게 돌진했다.

엘피와 함께 후퇴하여 가지를 회피했다.

……무슨 생각이지?

"어…… 지금, 뭘……?"

복부를 꿰뚫린 해롤드가 어이없다는 듯 류자스를 봤다.

"쫑알쫑알 시끄럽다고. 잔챙이 주제에, 나한테 지시하지 말라고."

"뭐……."

"――더 이상은 필요 없다. 네놈들은 이제 죽도록 해라."

입을 뻐끔거리는 해롤드에게 류자스가 그리 고했다.

"가, 아아아아아아악?!"

"끄에에엑."

"히……긱."

선정자들이 절규했다.

가지가 마력을 급속하게 빨아들여, 셋은 순식간에 비쩍 말라붙었다.

오 초도 채 안 되어, 셋은 모든 마력이 빨려 나가서 처절한 표정 그대로 사망했다.

"뭐, 네놈들 잔챙이라도 보탬은 됐군."

셋의 마력을 빼앗아 류자스가 만족한 듯 득의양양하게 웃었다.

그 광경을 이해할 수 없었다.

"너…… 뭘 하고 싶은 거냐."

류자스는 마법사다.

전위가 없는 상태에서 상대가 접근하면 제대로 싸울 방도는 없다.

그것을 가장 잘 이해하는 것은 이 녀석일 터.

"어어? 쓰레기를 청소했을 뿐이야. 내가 던전 코어를 손에 넣은 시점에서 여기 잔챙이들은 쓸모가 없으니까."

붕대가 감긴 오른손으로 던전 코어를 움켜쥐며 류자스가 사납게 웃었다.

"있잖아, 아마츠."

류자스가 붕대를 풀었다.

엘피가 숨을 삼키는 것이 느껴졌다.

"그 붕대도 매직 아이템인가!! 이오리, 조심해! 이 남자——."

무언가 깨달은 엘피의 말을 가로막고 류자스가 웃었다.

"네놈은 본 적이 있지 않나?"

풀어낸 붕대를 아무렇게나 내던졌다. 붕대 아래에 있던 팔이 노출되었다.

"――――."

드러난 것은 의수가 아니었다.

진짜 팔이었다.

하지만 그것이 류자스의 팔이 아니라는 사실은 금세 알 수 있었다.

"이 자식…… 설마."

――그 손등에 『**용사의 증표**』**가 새겨져 있었으니까.**

"챙겨두길 잘했지. 삼십 년 전에 잘라낸, 네놈의 팔을 말이야."

으적.

류자스가 던전 코어를 으스러뜨렸다.

내포되어 있던 마력이 급격하게 『용사의 증표』로 흘러드는 것을 알 수 있었다.

"――――."

온몸에 오한이 스쳤다.

――저건, 위험하다.

이대로 두면 무언가 좋지 않은 일이 벌어진다.

"이오리!!"

"……그래!"

엘피가 외치는 것과 동시에, 나는 류자스에게 칼을 휘둘렀다.

"……아마츠, 네놈만큼은 반드시 죽여주마. 몇 번을 되살아나든, 반드시!"

칼날이 닿기 직전.

증오로 점철된 류자스의 목소리를 들었다.

"――【영웅 소원(언리콰이티드 더티 드라이브)】."

세계에서, 소리가 사라졌다.

던전 코어를 으스러뜨린 류자스의 오른팔에서 시커먼 마력이 퍼졌다.

검은 바람이 휘몰아치고 칼날이 밀려나왔다.

엘피가 발사한 회신폭도 바람에 삼켜져 류자스에게는 닿지 않았다.

"무슨 일이……."

휘몰아치는 바람이 점차 한 점으로 수습되었다.

어둠이 걷히고 바람이 사라졌을 때. 정면에는 한 남자가 서 있었다.

그 남자는 부연 적발을 올백으로 넘겼다.

짙은 붉은색의 두 눈은 증오로 가라앉아 있었다.

궁정마법사의 로브를 걸치고 왼손에는 마법 지팡이를 붙잡고 있었다.

눈앞에 있는 것은 **20대의 남자**였다.

이 녀석은 기억 속에 있다.

몇 년 동안 함께 여행을 했으니까.

"——삼십 년 만이군, 아마츠."

사나운 미소를 띠고.

삼십 년 전의 모습으로 류자스는 그리 말했다.

제8화『내가 하고 싶었던 것』

그는 영웅이 되어야만 했다.

그렇기에 방해였다.

영웅이라 불리는 그 남자가.

——'영웅 아마츠'가.

"……그 모습은 뭐냐."

내 물음에 젊어진 류자스는 비웃듯이 웃었다.

"네놈도 쓸 수 있는 거야. 알잖아?"

물어볼 필요도 없이 이해하고 있었다.

통상적인 마법과는 다른, 깊은 곳에서 스미어 나오는 것 같은 이 감각.

"……심상 마법인가."

"그래, 그렇지. 처음으로 사용했는데, 이 녀석은 좋네. 최고의 기분이야."

류자스는 기분 좋게 우두우두 손가락을 꺾고 어깨를 돌렸다.

비웃음을 띠는 모습은 틀림없이 삼십 년 전의 것이었다.

심상 마법을 사용하여 이십 대까지 젊어졌나.

저 녀석의 전성기였을 삼십 년 전을 알고 있기에 알 수 있었다. 지금 류자스의 마력량은 전성기와 동등했다.

처음에 왕성에서 만났을 때, 류자스는 신체 능력, 마력량, 기량 기술, 전투 능력 모든 것이 쇠한 상태였다. 하지만 지금 저 녀석에게서는 그런 것이 일체 느껴지지 않았다.

복장과 가지고 있는 지팡이에 변화는 없었다.

『용사의 증표』가 새겨진, 내 오른팔에도 변화는 없었다.

변한 것은 외모와 내포한 마력량.

다시 말해 이 녀석의 심상 마법은――,

"자신의 능력을 전성기까지 되돌리는 힘인가."

"정답. 역시 영웅 아마츠, 이해가 빠르네."

류자스는 입가에 미소를 띠고서 인정했지만, 나를 보는 눈빛에는 감출 수가 없는 증오가 어리어 있었다.

외모가 바뀌었지만 근본적인 성격에 변화는 없는 듯했다.

구역질이 나온다. 마왕성에서 본 비웃음이 연신 뇌리를 스쳤다.

늙은 얼굴도 짜증났지만 삼십 년 전의 모습을 보는 것은 구역질이 나올 만큼 불쾌했다.

"그렇군. 인간 최강의 마법사 같은 소릴 들었을 때는 실소했지만…… 지금 네놈은 인간치고는 많은 마력량이로군."

"……고생했다고. 이만한 마력을 되찾느라 말이야."

마안으로 마력량을 본 엘피가 내린 평가에 류자스가 코웃음 쳤다.

흐트러진 적발을 쓸어 올리며 류자스는 경련하듯 미소를 띠었다.

"디오니스에게 당한 부상 탓에 몸은 생각처럼 움직이질 않고. 늙은 탓에 해가 갈수록 마법도 제대로 쓸 수가 없었지. 게다가 빌어먹을 사신 녀석 탓에 남아 있던 마법의 재능도 시들어버렸다고."

사신── 역시 엘피의 통찰력은 정답이었나 보다.

류자스에게 '인과반장'을 가르쳐준 것은 예의 사신이었다. 하지만 말투를 듣기에는 사신에게 우호적인 태도는 볼 수 없었다.

사이가 틀어지기라도 했나?

"──그래서 계속 찾았다고. 내가 힘을 되찾을 방법을 말이지."

류자스는 바닥에 굴러다니는 해롤드의 시체를 짓밟고 큭큭 웃음을 흘렸다.

말라버린 시체는 으적 소리를 내며 무참하게 짓이겨졌다.

딱히 마음에 두지도 않고 류자스는 해롤드의 시체를 계속 짓밟았다.

"중간부터 구상은 있었어. 『용사의 증표』와 던전 코어를 사용하면 마력이 시든 나라도 대마법을 구사할 수 있다. 부족한 건 내 안의 증오지."

"…………."

"네놈이 되살아난 덕분에 마지막 조각이 갖춰졌어. 감사한다고, 아마츠. 네놈이 나를 걷어 차준 덕분에 간신히 나는 심상을 형태로 만들 수 있었으니까!!"

말과는 달리 격앙하듯 외치고 류자스는 지팡이를 휘둘렀다.

그 순간, 유리가 깨지는 것 같은 소리가 미궁에 울려 퍼졌다.

방을 뒤덮고 있던 '디 앱솔루트 레기온'이 소멸된 것이었다.

결계의 은혜가 사라지고 몸이 무거워지는 것을 느꼈다.

류자스는 반대로 구속이 사라져서 몸이 가벼워진 느낌이겠지.

"그리고, 아마츠. 네놈이 가진 또 하나의 『용사의 증표』를 손에 넣으면, 나는 이 힘을 완전히 소화할 수가 있어."

"그걸로 어떻게 할 생각이지? 설마 정말로 영웅이라도 될 생각인가?"

"——어, 그래. 나는 이 손으로 오르테기어를 죽이고, 이번에야말로 영웅이 되겠어."

……지금 이 녀석 뭐라고 했지?

류자스가, 영웅이 된다?

"하…… 하하. 하하하, 하하하하핫!!"

걸작이다.

대체 너는 나는 얼마나 더 불쾌하게 만들어야 마음이 풀리는 거냐?

"……있잖아. 웃기지 말라고, 류자스. 전에도 말했을 텐데. 남의 목숨을 이용하는 것밖에 못 하는 네가 영웅 같은 소릴 입에 담지 말라고."

"허, 진짜 영웅님은 말씀하시는 게 다르시네. 아──, 멋있어라, 멋있어. 그런 멋있는 소리를 하니까, 네놈은 배신당하고 쓰레기처럼 죽었을 뿐이잖아?"

"────."

──정말이지, 네놈의 무른 성격에는 아주 토할 것 같다고.

──뭐, 그 덕분에 이렇게 네 팔을 잘라낼 수 있었지만 말이지?

──모르겠나? 여기까지 왔으니 이제 너는 쓸모가 없거든, 용사님.

"상대하지 마, 이오리. 멍청이의 헛소리에 귀를 기울여 줄 필요 따윈 없어."

"……나도 알아."

"……그럼 상관없지만."

무슨 말을 하든, 무슨 짓을 하든.

네 말로는 이미 정해져 있으니까.

"중단되어버렸는데, 재개할까."

전술을 짜며 류자스를 돌아봤다.

"복수를."

"그래, 계속하자고."

로브를 펄럭이며 류자스가 말했다.

"——**나의** 복수를."

◆ ◆ ◆

류자스는 강하다.

마법사로서 최강 레벨이다.

그건 인정하자.

하지만 어디까지나 마법사로서다.

근접 전투에서의 실력은 과거의 파티 가운데 가장 약했다. 일부 예외는 있지만 강력한 마법을 사용하려면 시간이 걸린다. 마법을 사용할 수 있게 되기 전에 두들기면 그것으로 끝이다.

"——그런 식으로, 생각하고 있겠지?"

개막과 동시에 류자스의 몸에서 시커먼 바람이 뿜어 나왔다.

바람이 방을 뒤덮고 우리 시야를 가렸다.

"'휠 윈드'!"

내가 바람을 날려버리고 류자스의 모습이 훤히 드러났다.

무슨 생각을 하는지, 류자스는 그 자리에서 한 걸음도 움직이지 않았다.

좋지 않은 예감이 들었다.

"——'마안 회신폭'."

엘피가 간발의 차도 두지 않고 마안을 쏜 순간이었다.
"——'로스트 매직 재화장염'."
류자스에게서 홍련의 불길이 뿜어 나왔다.
마안과 마법이 교차하고 홍련의 빛이 실내를 뒤덮었다.
불꽃과 폭염, 서로의 균형은 순식간에 무너졌다.
"뭐, 야——."
류자스의 불꽃이 회신폭을 집어삼키고, 더욱 큰 불꽃이 되어 우리를 덮쳤다.
"회신폭이 졌어……?"
"아냐. 저 불꽃, 마력을 먹어치우는 거야!"
실내에 어렴풋이 감도는 마소의 잔재가 불꽃에 삼켜지는 것이 보였다.
그럴 때마다 불꽃의 크기가 커졌다.
"——'스펠 디바우어'!"
불꽃에서 마력을 빼앗아 기세를 감퇴시켰다.
작아진 불꽃을 피한 직후였다.
"——'로스트 매직 무답영충(舞踏影衝)'."
피한 곳에 있던 내 그림자에서 검은 기둥이 튀어나왔다. 즉각 유검으로 절단하고 그림자가 없는 곳으로 이동했다.
엘피도 마완으로 그림자를 쳐내고, 마찬가지로 그림자에서 거리를 벌렸다.
"——'로스트 매직 흑휘천탄(黑輝穿彈)'."
"————!"

류자스 쪽을 돌아본 순간, 수십의 탄환이 시야를 뒤덮고 있었다.

"로스트 매직을 영창 없이——."

일 아타락시아로 막았지만, 열 발 정도 막아낸 참에 방패에 구멍이 뚫렸다.

이 탄환, 닿은 사물에 구멍을 뚫는 힘이 있나.

방패 구멍으로 비처럼 탄환이 들어왔다. 엘피와 다른 방향으로 회피했지만 미처 모두 피할 수는 없었다.

"——'마안 중압궤'."

엘피가 마안으로 모든 탄환을 떨어뜨리고, 탄환을 짓눌렀다.

떨어진 탄환이 바닥에 무수한 구멍을 뚫었다.

"어엉? 이것 참, 네놈들 어떻게 된 거야. 마법사 따위한테 근접전에서 고전하잖아?"

완전히 수세로 몰린 상태였다.

전성기의 저 녀석이라도 로스트 매직을 영창 없이 연발할 수는 없었을 터.

"그럼, 다음 공격 가지."

류자스가 작게 무언가를 중얼거리고 지팡이를 휘둘렀다.

그 순간, 수십 미터 앞에 있던 류자스의 모습이 사라졌다.

"————."

일 초도 되지 않아, 나와 엘피는 사라진 류자스의 모습을 포착했다.

류자스는 사라진 것이 아니었다.

힘껏 바닥을 박차고 달려 나왔을 뿐이었다. 다만 그것은 예상을 아득히 뛰어넘은 속도였다.

류자스는 나를 무시하고 엘피를 향해 똑바로 나아갔다.

몇 미터 떨어진 위치에서 류자스는 단숨에 엘피의 눈앞으로 들이닥쳤다.

"얕보지 마라!"

살짝 눈을 부릅뜨며 엘피는 마완을 연발했다.

완벽한 타이밍으로, 다가오는 류자스에게 마완을 휘두르고――,

"커, 흑――."

"뭐야……?"

그 직후, 공격했을 터인 엘피가 날아가고 있었다.

데굴데굴, 낙법도 못 취하고 땅바닥을 굴렀다.

말도 안 돼. 저런 거리와 타이밍이라면 류자스는 틀림없이 마완에 당했을 터.

"이봐, 괜찮아?!"

"으……윽."

휘청휘청, 엘피가 일어섰다.

"이런, 평범한 마족이 아니었군."

류자스가 지팡이를 휘두른 순간, 하얀 구체가 엘피를 뒤덮었다.

금세 구체는 소멸되었지만 일어서려던 엘피는 힘없이

바닥에 무릎을 꿇었다.

"헉…… 헉……."

"……로스트 매직에 더해서 다섯 겹의 결계로 집어삼켜도, 아직 의식이 있는 거냐. 무슨 괴물이냐고."

엘피가 무엇을 당했는지는 금세 알 수 있었다. 체내에 직접 봉인을 때려 넣은 것이었다. 그러고서 온몸을 결계로 속박했다.

바깥쪽의 결계는 몰라도 안쪽에 때려 넣은 것은 상당히 강력한 마법이었다.

스펠 디바우어로는 해제할 수는 없었다.

차분히 풀 수밖에 없기에, 해제에는 시간이 걸리고 말겠지.

그리고 당연히,

"동료를 걱정할 틈은 없다고, 아마츠."

류자스는 그것을 허락지 않았다.

엘피와 나 사이로 불꽃이 지나며 분단되어버렸다.

"……칫."

아무리 엘피라고는 해도, 저만한 마법을 얻어맞으면 당장 움직일 수는 없겠지.

저 녀석의 마력량이라면 십 분도 안 되어 해제할 수 있을 거라 생각하지만…….

"놀란 모양이로군? 삼십 년 전의 나는 그렇게 강하지 않았으니까 말이야?"

류자스는 호흡이 흐트러지기는 했지만 아직 여유가 있는 듯했다.

이런 상태라면 마력이 떨어지기를 기대할 수는 없겠네.

"말했잖아. 나는 오르테기어를 죽일 생각이라고. 삼십 년 동안, 그를 위해서 계속 연구했어. 효율이 좋은 마법 구사, 다른 나라의 마법, 심상 마법, 그리고 로스트 매직── 네놈이 상대라고 해도 질 리는 없어."

쇠하여 사용하지 못했던 마법을, 심상 마법으로 젊어져서 쓸 수 있게 된 것인가.

오르테기어를 죽이기 위한 기술인만큼, 전투 능력은 삼십 년 전을 크게 웃돌았다.

하지만 예상 밖──이라고 할 정도는 아니었다.

이 녀석이 무언가 비장의 수를 가지고 있다는 것은 예상했으니까.

"──【영웅 재현(더 레이즈)】."

나도 비장의 수를 쓰도록 하지.

세계가 색을 잃고 동시에 정지했다.

노이즈로 흐트러진 세계 가운데, 과거의 내 뒷모습이 보였다.

그 뒷모습으로 손을 뻗어, 나는 과거의 영웅을 재현했다.

……그다지 컨디션이 좋지 않았다.

심상 마법이 조금씩 풀리는 감각이 있었다. 고작해서 삼 분 정도겠지.

"……왔군."

류자스가 띠고 있던 미소를 지우고 노려봤다.

으득으득, 이를 가는 소리마저 들렸다.

"……그것이 영웅의 힘을 되찾는 심상 마법인가. 허, 역시 네놈은 영웅에 미련이 가득하잖아."

"――――."

"시시한 심상이네, 이것 참. 그런 게 네놈의――."

한 걸음, 내디뎠다. 십 미터 가까웠던 거리가 소실되었다.

류자스의 품속으로 단숨에 파고들었다.

그리고 류자스가 반응하기도 전에, 비취의 태도로 복부의 살점을 도려냈다.

"어, 그어어어?!"

절규하는 류자스를 향해 두 번째 공격을 펼쳤지만,

"'액셀 콰트로'오!!"

급가속한 류자스는 상처에서 피를 흩뿌리면서도 회피했다.

"어, 윽, 빌어먹을……!!"

가속은 몸에 부담을 가한다.

액셀 더블이라도 사용자에 따라서는 온몸의 뼈가 부서지는 수준이다.

마법사인 저 녀석이 액셀 콰트로를 쓰면 당연히 그냥 넘어갈 수는 없다.

"커, 어억……."

지금 도약으로 류자스의 두 다리는 엉망으로 부서졌다.

피가 뿜어 나오고, 부서진 뼈가 살을 뚫고 나왔다.

"'하이 힐'——!!"

류자스는 즉시 치유 마법을 사용해서 옆구리와 양다리를 치료했다.

하지만 발생한 틈을 놓칠 수야 없지. 다시 간격을 좁히기 위해서 내디뎠다.

"——'로스트 매직 무답영충'."

발밑의 그림자에서 기둥이 튀어나왔지만 다리에 마력을 실어 짓뭉갰다.

"——'로스트 매직 흑휘천탄'!"

칠흑의 탄환이 서른 이상 시야에 펼쳐졌지만 스펠 디바우어로 마력을 먹어치웠다.

"오지 말라고!!"

류자스는 후퇴하며 대량의 마법을 쐈다.

나타난 골렘을 단칼에 분쇄했다.

나무뿌리로 이루어진 거대한 촉수를 둘로 갈랐다.

쏟아지는 얼음 덩어리를 날려버리고 번개의 창을 으스러뜨렸다.

그러는 사이에, 류자스는 벽까지 몰렸다.

비처럼 날아오는 마법을 튕겨내며 함정 유무를 확인.

진로를 메우고 있던 함정을 비취의 태도 일격으로 땅까지 한꺼번에 도려냈다.

"이 자식……!"

류자스의 표정에 초조가 드리웠다.

하지만 도망칠 곳은 없다.

"'로스트 매직 재화장염'——!!"

류자스가 지팡이를 휘둘러 불꽃을 분사했다.

이제까지는 수위를 조절했는지, 조금 전을 아득히 웃도는 규모였다.

"제2귀검——'괴렬'."

시야를 집어삼키는 홍련을 귀검으로 갈랐다.

규모가 커지기는 했지만 불꽃이 먹어치울 수 없을 만큼의 마력을 부딪치면 그만인 이야기였다.

"뭐, 야——."

류자스가 경악한 표정을 띠며 후퇴했다.

등이 벽에 부딪치고 얼굴이 새파래졌다.

"……우선 그 기분 나쁜 오른팔이다."

"자, 잠깐——."

비취의 태도를 상단에서 아래로 휘둘러 류자스의 오른팔을 잘라냈다——.

"————."

스르륵, 이상한 감촉이 전해졌다.

무언가에 닿은 느낌은 있는데 그대로 빠져나가는 것 같은——,

"크크."

류자스가 웃음을 띠는 것을 알 수 있었다.

얼른 물러났지만,

"'로스트 매직 유기봉새(流器封塞)'."

"윽."

미처 피하지 못하고, 오른쪽 손등을 무언가에 꿰뚫리는 감각이 있었다.

통증은 없고 외상도 없었다.

하지만,

"……윽."

『용사의 증표』에서 마력 공급이 사라졌다.

마력을 사용하기 위한 부분이 완전히 막혀 있었다.

그렇게 자각한 순간, 심상 마법이 해제되었다.

엘피에게 쓴 것과 같은 마법인가…….

"쿨럭. 허억…… 허억…… 크하하핫!!"

입에서 대량의 피를 뿜으며 류자스가 마구 웃음을 터뜨렸다.

어찌된 영문인지 잘려나갔을 터인 오른팔이 붙어 있는 게 보였다.

"'로스트 매직 명인괴리(冥人乖離)'——실체를 명계로 옮기는 마법……. 허, 사신에게 배운 마법이 간신히 도움이 됐군."

멀리서 보고, 깨달았다.

류자스의 몸이 어렴풋이 투명하게 보였다.

"……하지만 두 번이 한도인가. 부하가 너무 무거운데, 젠장."

창백한 얼굴로 류자스는 몇 번이고 피를 토했다.

엘피의 마완을 회피한 것은 그 마법인가…….

"……칫."

팔에 맞은 마법을 해제하려고 했지만 『용사의 증표』가 닫혀버렸다.

해제하기 위한 마력을 움직일 수가 없는 것이었다.

이 마법을 깰 가능성이 있는 것은 심상 마법뿐이지만——.

"크크, 크하하하핫! 왜 그러나, 아마츠키 군. 자랑하는 심상 마법은 못 쓰겠나?"

"…………."

심상 마법을 발동할 수 없다.

첫 단계부터 상태가 좋지 않았다.

디오니스와 싸우던 때나 영산 때처럼 제대로 발동할 수가 없었던 것이다.

"알고 있다고. 안 쓰는 게 아니라 못 쓰는 거겠지? 네놈의 심상 마법은 불완전하니까. 계속해서 발동할 수 없는 거겠지?"

"……윽."

"시나리오 그대로라고, 아마츠. 저 마족이랑, 네놈이 가진 『용사의 증표』. 그 둘만 어떻게든 처리해버리면 처음부터 이길 수 있다고 예상했지."

류자스가 지팡이를 휘두르는 것과 동시에, 바람의 탄환이 발사되었다.

비취의 태도로 받아내서 탄환을 처리했지만,

"——'로스트 매직 무답영충'."

바닥에서 나온 기둥이 허벅지를 꿰뚫었다.

"크, 아."

더는 서 있을 수가 없어서 바닥에 쓰러져버렸다.

얼른 파우치로 손을 뻗어서 회복용 포션을 사용하려고 했지만,

"하게 둘까보냐."

"윽."

류자스의 마법에 포션이 날아갔다.

용기가 깨지고 내용물이 땅으로 스며들었다.

"————."

어떻게 하지.

예비용 마석을 쓰나?

무리다. 다루기 위한 마력이 없다면 마석은 쓸 수 없다.

스펠 디바우어 이외의 방법도 있기는 있지만, 이것도 마력이 없으면 발동할 수 없다.

아니, 애당초 절왕 영역이 파괴되는 것과 동시에 그것들

도 부서졌다.

틈을 봐서 포션을 사용한다?

……안 돼.

설령 치유하더라도 마법을 쓸 수 없다면 류자스에게 이길 수는 없다.

엘피는 아직 움직일 수 없었다. 결계를 푼다고 해도 아직 오 분은 걸리겠지.

네게 남겨진 수단은 하나밖에 없었다.

하지만 이건———.

"……손 쓸 방법이 없나, 아마츠?"

류자스가 득의양양했다.

"……이때를 계속 기다렸어. 네놈을 굴복시키고 엉망진창으로 짓뭉개줄 이때를."

마법이 날아왔다.

"천천히 죽여주마."

피할 수도 없어서 나는 그저 마법에 당할 수밖에 없었다.

◆ ◆ ◆

양팔의 뼈가 부러지고 두 다리는 반대 방향으로 뒤틀렸다.

얼음 덩어리가 복부에 박혀서 피가 목구멍까지 밀려 올라왔다.

이마가 깨져서 흐른 피 때문에 왼쪽 눈의 시야가 빨갛게 물들어버렸다.

"커……흑."

『홍련의 갑옷』의 방어력 덕분에 치명상은 입지 않았다.

류자스가 나를 괴롭히려고 하는 것도 이유 중 하나지만.

"하하핫! 괜찮은 모습이네, 어어? 남자다워졌잖아, 아마츠키 군."

강풍이 발생하여 몸이 둥실 떠올랐다. 그 직후, 등부터 땅바닥에 처박혔다.

호흡이 멈추고 입안에 피 맛이 퍼졌다.

내게 남겨진 최후의 수단.

그것은 심상 마법의 명확한 발동 조건을 찾아내는 것이었다.

나는 그 조건을『지금의 자신으로서는 이길 수 없는 상대와 싸운다』는 것으로 생각했다.

본래의 힘으로는 이길 수 없다, 쓰러뜨릴 수 없다, 완전히 죽일 수 없다.

이제까지 심상 마법을 쓸 수 있었던 것은 그런 장면이었다.

하지만 그렇다면 진즉에 조건은 채워졌을 터.

지금의 나로서는 류자스에게 이길 수 없다. 그런데도 심상 마법은 제대로 발동되지 않았다.

무언가 다른 조건이 있을 터.

필사적으로 계속 생각했다.

강한 상대와 싸우는 것이 아니라, 내가 생명의 위기에 빠지는 것……인가?

하지만 지금 단계에서 상당히 체력이 깎여나갔다.

이런 상황에서도 부족한가……?

"멍—하니 있지 말라고."

"커, 헉."

바위 탄환이 뺨을 스치고 살점을 도려냈다.

격통에 사고가 한순간 멈췄다.

"이것 참, 말이지. 나를 죽이는 거 아니었나? 자, 죽여보라고."

"윽."

바람의 칼날이 어깨를 갈랐다.

상처가 타오를 듯 열기를 발했다.

"어떤 기분이야? 왕성과 나락 미궁, 양쪽 모두에서 제멋대로 가지고 놀던 상대한테 희롱당하는 기분은 말이야."

"……윽."

"나는 최고의 기분이라고, 아마츠. 구역질이 날 만큼 싫었던, 쓰레기 자식을 간신히 쳐죽일 수 있으니까 말이야."

비웃고 나를 희롱하면서도, 류자스는 전혀 방심하지 않았다.

일정한 거리를 지키고 다가오지 않았다.

"이봐, 뭔가 말 좀 해. 목숨을 구걸하는 말이라도 없나?"

"있을…… 리가, 없잖아."

"허. 그럼 말하고 싶게 만들어주지. 안구를 도려내고, 코를 잘라내고, 입술을 뜯어내고, 피부를 벗겨내고, 거길 으스러뜨려서…… 그만큼 하면 네놈도 뭔가 말하고 싶어지겠지."

류자스의 손에서 바람의 칼날이 생겨났다.

"————."

이런 상황에서도 심상 마법은 쓸 수 없었다.

아직, 부족한가?

안 된다. 이대로는 사용하기도 전에 내가 죽는다.

아니, 설마. 이것도 발동 조건이 아닌가……?

"자자, 받아라."

류자스가 바람의 칼날을 날리려던 그 직전이었다.

"……그만해."

"!"

엘피가 일어섰다.

다섯 겹의 결계를 해제한 것이었다.

하지만 아직 체내에 때려 박힌 마법을 해제하지는 못했나 보다. 휘청거리고 안색도 나빴다.

"……그러고 보니 아직 마족이 있었군."

엘피를 본 순간, 류자스의 얼굴에 추악한 미소가 드리웠다.

"있잖아, 아마츠. 저 녀석을 죽이면 너는 어떤 표정을 지을까?"

"————."

"모르겠다고? 안심해, 지금 당장 답을 맞춰줄게."

엘피를 향해 로스트 매직을 발사했다.

엘피는 마안으로 대처했지만 위력이 평소의 반도 되지 않았다.

마안으로는 미처 막지 못하고, '흑휘천탄'이 엘피의 배를 꿰뚫었다.

"으……윽."

"……죽지는 않나. 대단한 생명력이야."

"네놈 따위가…… 이오리를, 죽이게 두지 않아."

"……호오. 그럼 우선 네놈을 죽이지."

류자스의 마법이 엘피를 베었다.

"허……컥."

"그만……해."

"있잖아, 아마츠. 이 마족이 소중한가?"

엘피를 괴롭히며 류자스가 싱글대는 표정으로 나를 쳐다봤다.

"이 마족한테 반했나?"

"…………."

"너, 루시피나한테 반했었지? 그만큼 지독하게 배신당하고, 아직도 타인에게 호의를 가지다니 참으로 경사스러운 머리라고밖에 할 말이 없네."

아니다.

나와 이 녀석은 그런 관계가 아니다.

"뭐…… 그 경사스러운 머리에 감사해야겠네. 그 덕분에 너를 절망하게 만들 수 있으니까."

류자스가 엘피에게 지팡이를 향했다.

"얕보지 마라……!"

마안을 발사했지만 류자스에게는 닿지 않았다.

마완을 사용했지만 마력이 부족해서 팔이 찢어졌다.

마각으로 이동하려다가 그림자에서 튀어나온 기둥에 다리를 꿰뚫렸다.

"커흑……."

"끝내기로 할까."

"그만……."

류자스가 '흑휘천탄'을 발동했다.

"마안———."

휘청거리며 엘피가 다시 마안을 쏘려 하고——,

"엘——."

그보다도 빨리, 검은 탄환이 엘피의 오른쪽 눈을 꿰뚫었다.

탄환은 그대로 뒤통수를 관통했다.

풀썩, 엘피가 땅으로 무너졌다.

오른쪽 눈의 텅 빈 구멍에서 울컥울컥 대량의 피가 흘렀다.

검은 드레스가 자신이 흘린 피로 물들었다.

몸통은 엘피가 만들어낸 분신체다.

구멍이 뚫리더라도 죽지는 않는다.

하지만 얼굴은 아니다.

얼굴은 엘피의 진짜 육체다. 그런 곳에 구멍이 뚫린다면…….

"엘……피."

"하하…… 크하하하하하하하하하하핫!!"

적막한 방 안에 류자스의 커다란 웃음소리가 울려 퍼졌다.

"있잖아, 다시 한 번 물을게, 아마츠! 지금 어떤 기분이야?!"

"――――."

"증오하는 상대에게 괴롭힘을 당하는 건 물론, 소중한 동료까지 살해당했다고?! 어어?!"

"…………."

"표정 괜찮네, 아마츠."

즐거워서 참을 수 없다는 듯 류자스가 배를 붙잡고 웃음을 터뜨렸다.

"마왕성에서 네놈을 배신했을 때, 그 멍청한 표정. 지금 네놈은 그 한심한 표정 그대로라고. 하하…… 크크크. 아아, 웃음이 멈추지 않네."

"류……자스."

"자기가 배신당했을 때랑 비교해서 어때? 어어? 소중한 사람을 빼앗긴 기분은, 어떠냐고 묻잖아!!"

폭풍이 휘몰아치고 몸이 들려 올라갔다.

그대로 나는 피에 잠긴 엘피가 있는 곳까지 날아갔다.

철퍽 소리를 내며, 엘피가 흘린 피 웅덩이에 빠졌다.

"엘피……."

엘피가 바로 옆에 쓰러져 있다.

은색 머리카락이 피에 물들어 흔들렸다.

"소중한 사람의 시체를 바로 앞에서 본 감상은?"

"…………."

"감상에 빠질 틈은 없다고? 다음은 네놈이야, 아마츠."

――살해당한다.

공포는 없다.

하지만 받아들일 수는 없다.

이런 결말을 받아들일 수 있겠는가.

과거의 자신을 재현하고자 팔에 힘을 실었다.

"――――."

하지만 심상 마법은 발동하지 않는다.

아무것도 벌어지지 않았다.

"우선, 두 눈을 도려내 주지."

류자스가 마법을 펼치려하고――,

"……이, 오리."

가냘픈 목소리와 함께, 소맷자락을 잡아당기는 걸 느꼈다.

"……어어?"

엎드린 채, 엘피는 중얼거렸다.

"떠……올려."
"엘, 피."
"너……는, 무엇을 하고 싶었는지……."
간신히, 그 가냘픈 말이 귓가에 닿았다.
내가, 무엇을 하고 싶었는지———?
"……칫. 끈질긴 녀석이네. 불태워 죽여주지."

'재화장염'을 류자스가 영창했다.
홍련의 불꽃이 나타나고 뱀처럼 목을 쳐들었다.
『홍련의 갑옷』으로 불꽃에 강한 내성을 가진 나는 죽지 않겠지.
하지만 엘피는.
"이……오리."
"———."
——조금, 기쁘네.
——네가 나를 『신용』해주는 게 기쁜 거야.
"……아아."
그런가.
그랬구나.
나는, 바보다.
심상 마법을 처음 사용했을 때, 나는 무엇을 생각했지?
영산에서 심상 마법을 사용했을 때, 나는 무엇을 생각했지?

오르가와의 싸움에서 심상 마법을 사용했을 때, 나는 무엇을 하고 싶었지?

전부, 똑같았다.

처음부터 내 심상은 하나뿐이었다.

무엇을 고민할 게 있나.

심상 마법을 쓸 수 있었을 때, 나는 항상.

"——구하고 싶었어."

이 불꽃을 맞으면 엘피는 죽는다.

그건 싫다.

나는 엘피를 구하고 싶다.

주먹을 움켜쥐고 그 심상을 입에 담았다.

"——【영웅 재현(더 레이즈)】."

몸에 삽입되어 있던 마법이 부서졌다.

『용사의 증표』에서 뜨거운 것이 넘쳐 나왔다.

세계가 노이즈에 삼켜지고, 다가오는 불꽃의 움직임이 완만해졌다.

회색의 세계 가운데, 눈앞에는 영웅이 서 있다.

다만 그의 뒷모습이. 이번보다 아주 조금, 가까이 있는 것처럼 보였다.

"'일 아타락시아'."

눈앞에 방패를 만들어냈다.

불꽃이 마력을 삼키려고 했지만, 반대로 불꽃의 마력이 깎여나갔다.

본래의 '일 아타락시아'는 닿은 것의 마력을 깎아내고 봉쇄하는 방패니까.

치유로 몸을 치료하고 엘피를 돌아봤다.

피 웅덩이에 잠겨 있는 엘피를 안고 방 안쪽으로 옮겼다.

"……고마워, 엘피."

디오니스 때랑 같았다.

또 네게 도움을 받았다.

"……후."

엘피의 입가가 희미하게 미소를 띠는 것처럼 보였다.

"'하이 힐.'."

엘피의 상처를 치유 마법으로 치료했다.

구멍이 뚫린 오른쪽 눈이 천천히 치료되었다.

아무리 그래도 이런 부상으로 당장 움직이지는 못할 테지만 죽지는 않을 터.

"……기다려줘."

엘피를 두고 방 중앙으로 돌아갔다.

"……그거 뭐야."

류자스가 눈을 부릅뜨고 있었다.

"뭐냐고, 이 자식!! 양손, 양발을 꿰뚫리고 마력 공급도 억누르고…… 그랬는데도 아직 부족하다는 거냐!!"

바들바들 떨면서 침을 튀기며 외치고 있었다.

그 외침을 무시하고 나는 마법을 구사했다.

"——'게헤나'."

동시에 류자스와 간격을 좁혔다.

도망치려던 류자스에게 푸른 불꽃을 쏟아 부었다.

"아, 갸아아아아아아아악?!"

온몸이 불타고 류자스가 절규했다.

"아까 그랬지. 죽여보라고."

"가, 아아아악."

괴로워하는 류자스에게 고했다.

"……바라는 대로, 죽여줄게."

제9화 『갚을 수 없는 부정의 충동』

『용사의 증표』에서 흘러나오는 마력이 온몸 구석구석까지 퍼지는 것을 느꼈다.

이제까지의 발동과는 명백하게 다른 감각이었다.

이것이 완전하게 발동한 심상 마법의 효력인가.

이전처럼 한순간밖에 사용하지 못하는 것은 아닐 듯했다.

"…………."

제대로 다루고서야 간신히 깨달았다.

과거의 힘을 재현하는 현재, 아마츠였던 무렵의 실력에는 살짝 뒤처진다는 것을.

그럼에도 지금은 충분했다.

"……자."

마력의 흐름으로 기울던 의식을, 눈앞에서 절규하는 남자에게 향했다.

푸른 불꽃에 온몸이 불타서, 류자스는 붉은 머리카락을 흐트러뜨리며 괴로워했다.

불에 타는 아픔은 지옥의 고통 같다고 그러니까.

"그러고 보니 너랑 마왼은 인연이 있었더군. 마원 요하네스, 기억하나? 온천 도시에서 제멋대로 굴던, 웨어울프 남자야."

예전이 죽인 남자의 이름을 입에 담았지만, 류자스는 불타는 고통으로 그럴 겨를이 아닌 듯했다.

"무시하지 말라고."

"기……익."

가볍게 **처리**를 한 『비취의 태도』로 류자스의 어깨를 찔렀다.

공들여서 빙글빙글 칼날로 살점을 도려냈다.

새로운 통증에 눈을 부라리며 류자스의 시선이 이쪽으로 향했다.

"마왼은 지금 너처럼 불태워 죽여줬지."

그 전에 동료한테 린치를 당하는 덤은 붙어 있었지만.

"————윽."

바닥을 박살내고 자신의 발을 으스러뜨리며 류자스가 뒤로 도약했다.

동시에 지팡이를 휘둘러 대량의 물을 만들어내서 불꽃을 소화했다.

피부는 타고 짓물러서 무참한 꼴이 되었다.

"어떤 감각이야? 산 채로 불타는 건."

"허억…… 허억……."

"좋았지? 배신한 동료와 아픔을 공유할 수 있어서."

"……윽."

분노로 얼굴을 일그러뜨리며 류자스가 치유 마법을 발동했다.

타고 짓무른 피부와 으스러진 양발이 역재생하듯 치료

되었다.

"웃기고 앉았네…… 까불지 말라고!!"

포효와 함께 류자스는 순식간에 검은 탄환 수십 개를 만들어냈다.

지팡이를 휘두르는 동작과 함께 탄환이 일제히 발사되었다.

그것만으로는 끝이 아니었다.

이쪽의 동작을 봉인하듯 '무답영충'이 내 그림자에서 튀어나왔다.

조금 전까지와는 규모가 달랐다.

마치 기둥이 그림자에서 수십 개나 튀어나와 침봉 같았다.

"스펠 디바우어."

두 가지 대규모 로스트 매직을 한순간에 무효화했다.

빼앗고 먹어치운 마력이 『용사의 증표』로 들어오는 것을 느꼈다.

"아직이다!!"

탄환이 사라지고 열린 시야 안에 나타난 것은 거대한 한 자루 검이었다.

"로스트 매직 검인연성――!"

인간으로서는 도저히 다룰 수 없을 거대 사이즈의 대검을 류자스는 자신의 마력으로 만들어낸 것이었다.

동시에 바람 마법으로 그 대검을 탄환처럼 사출했다.

그것은 언젠가 디오니스가 직접 고안해냈다고 기뻐하며

이야기하던, '블레이드 트리거'와 거의 같은 성질의 마법이었다.

"……결국 그 녀석, 류자스마저 따라잡지 못했네."

거인의 검을 한순간에 내질렀다.

『비취의 태도』를 한 번 휘둘러 정면으로 받아냈다.

그것만으로 이가 나가며 대검은 기세를 잃었다.

하지만 그것만으로 끝이 아니겠지.

"'브레이크 매직'."

그 직후, 대검은 구성하던 마력이 폭주하고 엄청난 폭발을 일으켰다.

대지를 도려내고, 벽을 부수고, 폭풍이 실내에 있던 것을 사정없이 휘감아 올렸다.

"멍청이가! 그냥 검을 날렸을 뿐이라고 생각을──."

"안 했거든."

폭염 안에서 튀어나가 류자스와 거리를 좁혔다.

류자스는 황급히 마법을 영창했지만 너무 늦었다.

간격을 좁히고 기분 나쁜 오른팔을 절단했다.

"가……아아아아아아아아아아아아아악?!"

팔이 바닥에 털썩 떨어진 것과 동시에, 류자스의 오른팔에서 분수처럼 선혈이 뿜어 나왔다.

이번에는 그 묘한 로스트 매직으로 피하지는 못했네.

두 번이 한계라고 그런 건 거짓말이 아니었나 보다.

"전에 디오니스가 비슷한 기술을 사용했으니까. 그 다음을 간파할 수 있었어."

"으……그…… 젠장, 빌어먹을!!"

"뭐, 그런 디오니스도 이미 죽었지만. ──'대수구(大水球)'."

류자스를 중심으로 거대한 물의 구체를 만들었다.

통증에 정신이 팔여 있던 류자스는 손쓸 도리 없이 물 안에 갇혔다.

"어…… 쿨럭. 그어어어어?!"

무심코 숨을 들이쉬어 물을 마셔버렸나 보다.

부글부글 거품을 뿜으며 괴로워했다.

오른팔 단면에서 흘러나온 피가 순식간에 물의 구체를 빨갛게 물들였다.

"참고로 디오니스의 사인은 익사야."

"억, 거어어억?!"

"잔뜩 괴로워하고, 물속에서 죽었지. 그 녀석과 같은 심정을 느낄 수 있어서 좋지?"

정신을 차리고 해제하려 들기 시작했기에 구체를 고속으로 이동시켰다.

물은 벽에 격돌하여 튕기고, 류자스는 등부터 벽에 처박혔다.

"컥…… 우억…… 우에에엑."

그 충격으로 물총처럼 대량의 물을 토해내기 시작했다.

아아. 꼴사납고, 우스꽝스럽네.

하지만 이런 정도로는 마음이 안 풀린다.
슬슬 아까 장치한 그것이 발동할 무렵이었다.
“역시 ‘대마도’. 마법도 안 쓰고 입에서 물을 뿜을 수 있다니.”
디오니스 때는 이 대사 다음 정도부터 목숨을 구걸하기 시작했는데──,
“……닥쳐, 라.”
“………….”
휘청휘청, 류자스는 일어섰다.
그의 눈빛에는 아직 번들거리는 증오의 기색이 드리워 있었다.
이제까지 죽였던 녀석들처럼, 아직 마음이 꺾이지는 않았다.
“이렇게, 이제까지 상대한 녀석들을 괴롭혔느냐. 허, 꽤나 좋은 취미잖아.”
“그렇지? 너도 같은 꼴을 당하게 해줄 테니까, 감사해줘.”
“……윽.”
내 도발에 튕기듯 류자스가 남은 왼팔을 내질렀다.
왼손에서 마력이 흩날리고 몸의 상처가 치료되었다.
하지만,
“가…………아아아아아아아아?!”
갑자기 절규하며 류자스는 바닥에 쓰러졌다.
입에서 대량의 피를 뿜어내고 가슴을 쥐어뜯으며 굴러

다녔다.

"쿨럭. 뭐……냐, 이건?!"

상상 그대로의 반응에 웃으며 류자스에게 가르쳐줬다.

"귀신의 발톱이야. 기억하지? 마왕성에 도전하기 전날 밤에, 포션에 섞어서 나한테 먹였던 걸. 실행범은 베르트거였지."

"어억, 우억."

마르크스의 저택에는 대량의 약물이 있었다.

신의 물방울이나 아인용 미약, 그리고 여러 종류의 독약.

그중에는 귀신의 발톱도 있었다.

이것을 봤을 때, 류자스에게 사용해주자고 생각했다.

"그런, 걸, 나는 먹은…… 가……아아아아악."

"그야 먹진 않았겠지. 독을 잔뜩 바른 검으로 베었을 뿐이니까."

베르트거처럼 포션에 섞어서 먹일 수는 없었으니까.

저 녀석을 불태운 단계에서 검에 발라뒀다.

마셨을 때보다는 효과가 발휘되는 데에 시간이 걸렸지만, 괜찮은 타이밍에 효과가 나와 줘서 다행이다.

류자스가 만전의 상태라면 귀신을 발톱을 사용해도 큰 효과는 없었을 테니까.

"그…… 가아아아아아아악."

"효과는 알겠네. 마법을 쓰면 그 순간에 죽는다고."

"젠, 장. 커, 헉."

류자스의 모습이 서서히 늙기 시작했다.

『용사의 증표』가 새겨진 오른팔을 잃고 심상 마법을 유지할 수 없게 되었기 때문이겠지.

"그렇다고 이대로 있어도 너는 몇 분 사이에 독으로 죽어. 네가 살아나려면 이걸 쓸 수밖에 없지."

그러면서 액체가 든 병을 꺼냈다.

당연히 마시게 해줄 생각은 없고, 애당초 이건 해독제가 아니다.

귀신의 발톱은 있었지만 해독제는 못 찾았으니까.

"해독제야. 마시고 싶겠지?"

피와 토사물을 토해내며 꿈틀꿈틀 경련하는 류자스에게 다가갔다.

베르트거와 마찬가지로 눈앞에서 이것을 깨뜨려줬다.

하지만 그것으로 끝낼 수는 없었다.

이 녀석은 마르크스와도 이어져 있었다.

그렇다면 그 녀석의 고통도 조금은 가르쳐줘야겠지.

조금만 남아 있는 신의 물방울을 사용해서 잔뜩 괴롭혀준다.

……그리고 네가 엘피에게 가했듯이 안구와 얼굴을 한꺼번에 날려서 죽어주겠어.

"너랑은 몇 년이나 함께 여행을 한 사이야. 바로 그러니까 배신당한 게 용서가 안 돼."

"어…………흑."

"나한테 뭔가 말하고 싶은 건 있나? 내용에 따라서는 해독제를 먹여줄 수도 있어."

류자스가 내게 시선을 향했다.

"……아, 마츠."

"뭐냐?"

피를 토하며 류자스가——,

"——웨, 져라……앗!!"

"!"

그 순간, 류자스의 왼팔에서 나무뿌리가 튀어나왔다.

나무뿌리가 해독제를 산산이 박살냈다.

안에 들어 있던 액체가 지면으로 흩어졌다.

"……네놈, 한테 목숨을 구걸할 바에는, 죽는 편이 낫다고!!"

격통에 신음하며 류자스는 그렇게 외쳤다.

"————."

귀신의 발톱을 섭취한 상태에서 마법을 사용하면 당연히.

"가, 아가아아아아아아아아아아아아아아아악!!"

류자스의 육체가 물결치고 뒤룩뒤룩 부풀어 올랐다.

뭐냐…… 이 자식.

나락 미궁 때는 엘피한테 필사적으로 목숨을 구걸했잖아.

그런데, 어째서.

"어……극."

류자스의 몸이 튀어 오르기, 직전.

"【영웅 소원(언리쾨이티드 더티 드라이브)】."
그의 몸에서 검은 바람이 분출되었다.
"뭐……."
이 녀석, 아직 심상 마법을 쓸 수 있나.
"……!"
시선을 등 뒤로 향하고 깨달았다.
류자스의 왼손에서 뻗은 나무뿌리가 잘라낸 오른팔에 박혀 있다는 사실을.
나무뿌리를 통해서 라인을 연결했나——.
"……둘까보냐."
심상 마법 구사를 막으려고 했지만,
"오오오오오오오오——!!"
류자스가 손에 들고 있던 지팡이를 투척했다.
"……!"
지팡이가 꺼림칙한 빛을 발하고, 그 직후에 튀어 올랐다.
괴마에 따른 마력 폭주였다.
내포되어 있던 대량의 마력이 작렬했다.
당연히 투척한 류자스도 폭발에 삼켜졌다.
"윽."
비취의 태도로 폭염에 일격. 그 앞쪽의 류자스에게까지 참격이 날아갔지만 반응은 없었다.
"그……아아아아."
폭염을 뚫고 떨어진 곳으로 류자스가 날아갔다.

삼십 년 전의 모습으로 돌아오기는 했지만 온몸은 폭염으로 검게 탄 상태였다.

아니, 그것만이 아니었다.

내 참격을 피하기 위해서 실체를 뒤트는 '명인괴리'를 사용하는 것이 보였다.

"읍…… 억, 쿨럭."

명인괴리의 부작용인지 류자스는 입에서 대량의 피를 토해냈다.

명백하게 치명상이었다.

"어……【영웅 소원(언리콰이티드 더티 드라이브)】!"

"……!"

그리고 류자스는 심상 마법을 더욱 겹쳤다.

온몸의 상처가 치유되고── 아니, 모든 것이 전성기의 모습으로 돌아갔다.

"허억…… 허억……."

류자스는 멀쩡한 모습으로 돌아왔지만 안색은 나빴다.

호흡할 때마다 입에서 피가 흘렀다.

"……『용사의 증표』의 부작용인가."

용사를 용사답게 만드는, '성광신' 멜트가 내린 문장.

자격이 없는 이는 다루지 못하고 그저 목숨을 깎아내기만 한다.

그것이 『용사의 증표』다.

류자스는 『용사의 증표』를 던전 코어로 기동시켜 억지로 다루고 있었다. 당연히 저 심상 마법을 사용할 때마다 무시무시한 기세로 목숨이 깎여나가겠지.

저 녀석이 그 사실을 모를 리가 없다.

"……그래. 나는 이걸 다루지 못해. 그렇기에 네놈이 가진 또 하나의 문장을 원하는 거야. 그게 있으면 더욱 완벽한 형태로 영웅의 힘을 다룰 수 있으니까 말이야."

빠득빠득, 이를 악무는 소리가 들렸다.

목숨이 깎여나간다…… 그것은 상당한 고통이겠지.

"있잖아, 아마츠. 내가 그 정도 고통으로 소리를 지를 거라고 생각했나? ……얕보는 것도 적당히 하라고."

류자스의 몸에서 이제까지를 아득히 뛰어넘는 마력이 뿜어 나왔다.

그것은 명백하게 자신의 목숨이 깎여나가는 부류의 마법이었다.

"──'로스트 매직 괴신빙위(壞身憑威)'."

그 말을 들었을 때, 류자스는 눈앞으로 들이닥치고 있었다.

"──윽."

지근거리에서 마력 덩어리를 얻어맞고 날아갔다.

충격을 받아내어 지면에 착지하는 것과 동시에, 류자스는 또다시 눈앞으로 들이닥쳤다.

조금 전과 똑같았다.

류자스는 고속으로 이동할 뿐.
다만 그 속도는 '엑셀 콰트로'를 아득히 웃돌았다.
"여기까지 왔다고. 이런 곳에서——."
이번 공격을 막아냈다.
카운터로 류자스의 몸을 베었다.
"컥……."
어깨에서 옆구리까지 칼날이 지나고 깊은 곳까지 살점이 베이는 감촉이 전해졌다.
그와 동시에,
"——포기할 리가 없잖아아!!"
마력을 두른 류자스의 주먹이 내 복부로 파고들었다.
"윽."
충격이 몸을 꿰뚫고 몇 미터나 뒤로 날아갔다.
『홍련의 갑옷』이 미처 막아내지 못하는 위력이었다.
마법사가 날릴 만한 위력은 주먹은 결코 아니었다.
혹은 엘피의 주먹에 필적하는 수준의 일격일지도 모르겠다.
검을 땅에 꽂아 기세를 죽였다.
류자스가 추격하지는 않았다.
"커……헉. 허억…… 허억……."
류자스가 가슴을 붙잡고 피를 토했다.
저 신체 능력은 명백하게 마법을 이용한 것이었다. 몸에 걸리는 부하는 헤아릴 수 없었다.

아픔을 겪는 경우가 적은 마법사가 견딜 수 있는 고통이 아닐 터.

“……윽.”

하지만 류자스는 견디고 있었다.

나를 노려보는 두 눈 역시도 아직 힘을 잃지 않았다.

뭐냐.

“……뭐냐고, 너.”

온몸을 불로 태웠다.

정면에서 마법을 박살 내고 팔을 잘라냈다.

물에 빠뜨리고 벽에 처박았다.

귀족(鬼族) 베르트거조차 견디지 못했던, 귀신의 발톱으로 고통도 주었다.

마윈도 베르트거도 디오니스도, 견디지 못했던 고통이다.

그것을, 어째서.

“어째서 너 같은 게 견디는 거냐고.”

나락 미궁에서는 한심하게, 무참하게 목숨을 구걸했던 주제에.

어째서, 거기까지.

“……그야 당연하잖아.”

갈라진 목소리로 중얼거리고 류자스는 가슴에 손을 댔다.

그곳에서 빛나는 것은 간소한 목걸이.

녀석이 걸기에는 작고 어울리지 않는 물건이었다.

“어떤…… 어떤 수단을 쓰더라도! 나는! 네게! 복수해주겠다고!!"

——목걸이를 움켜쥐고 류자스는 그렇게 포효하는 것이었다.

제10화 『류자스 길버언』

——어리석은 마법사 이야기를 하자.

그 마법사는 오린 왕국의 구석에 있는 작은 마을에서 생을 받았다.

이름은 류자스 길버언.

부연 적발과 사나운 눈매가 특징적인 아이였다.

아버지는 마을을 지키는 병사, 어머니도 그것을 돕는 마법사였다.

부모는 병사의 지휘를 맡는 리더격인 존재였다.

그런 두 사람의 뒷모습을 보고 자란 류자스는 거친 성격이면서도 남을 잘 돌보는 소년으로 자랐다.

그런 그에게는 열 살 아래의 여동생이 있었다.

사샤 길버언이라는, 적발의 소녀였다.

선천적으로 몸이 약해서 사샤는 병치레가 잦았다.

일 때문에 집을 비우는 부모를 대신하여 류자스는 사샤를 돌봤다.

그것은 조촐하지만 행복한 나날이었다.

한때의 평온이 무너진 것은 류자스가 열네 살 때의 일이었다.

왕국으로 마왕군이 쳐들어왔다.

당시의 사천왕 '재단(裁斷)'이 이끄는 군대와 왕국군이 격렬하게 맞부딪쳤다.

그런 가운데, 마왕군에서 떨어진 몬스터가 마을에 왔다.

그것을 물리치러 나선 것은 마을을 지키는 병사였다.

당연히 그중에는 류자스의 부모도 있었다.

마을을 습격한 몬스터는 많은 희생을 치르면서도 어떻게든 격퇴할 수 있었다.

몬스터가 마을로 들어오지는 않았기에 그들은 보호를 받은 것이었다.

하지만.

『이래 봬도 어머니는 실력 있는 마법사야. 마족 따윈 별 것 아냐.』

그렇게 말했던 어머니는 몬스터에게 먹혀서 죽었다.

마법을 발동하는 틈에 습격을 당했다고 했다.

몸 오른쪽은 없고 남은 것은 왼쪽 절반뿐이었다.

『아버지는 마을 최고의 검사니까 말이야. 전혀 걱정할 것 없어.“

그렇게 말했던 아버지는 치명상을 입고 돌아왔다.

어머니가 죽는 순간에 정신이 팔려서 몬스터에게 공격을 당했다고 한다.

아버지를 봤을 때, 그의 얼굴은 창백해서 류자스는 살릴 수 없다는 사실을 이해하고 말았다.

시트를 피로 새빨갛게 적시고 입에서 붉은 거품을 뿜으며, 아버지는 류자스의 팔을 힘껏 붙잡고 말했다.

『류자스…… 너는, 오빠야. 그러니까…… 사샤를, 지켜다오.』

그것이 아버지의 마지막 말이었다.

류자스는 부모의 죽음을 사샤에게 숨겼다.

하지만 어리면서도 사샤는 부모가 돌아가셨다는 사실을 깨달았으리라.

눈이 부을 때까지 울고 그대로 잠들어버렸다.

감은 눈에서 넘치는 눈물을 닦아주며, 류자스는 잠든 사샤를 봤다.

피부는 하얗고 몸은 가늘었다.

류자스의 옷을 붙잡는 손가락의 힘은 정말로 가냘팠다.

아버지의 마지막 말을 떠올렸다.

그리고 류자스는 맹세했다.

사샤는 무슨 일이 있어도 자신이 지킨다. 그리고 행복하게 만들어주겠다고.

여동생을 돌보는 것은 간단하지 않았다.

류자스 혼자서는 모두 할 수가 없어서 몇 번이나 마을 사람에게 도움을 받았다.

부모가 남긴 돈은 적어서 생활은 힘겨웠다.

그래도 류자스는 꺾이지 않았다.

여동생을 돌보고, 촌장에게 머리를 숙여 일을 받고, 자신이 할 수 있는 일은 뭐든지 했다.

부모가 병사의 지휘를 맡았기 때문이리라.
마을 사람들은 둘을 동정하여 잘 돌보아주었다.
"……에헤헤."
사샤는 항상 웃었다.
괴로울 텐데, 슬플 텐데.
결코 약한 소리를 하지 않고 참듯이 웃었다.
그런 표정을 짓게 만들고 싶지 않았다.
그렇게 생각하면서도 류자스는 어떻게 할 수가 없었다.

부모가 죽은 뒤로 일 년이 지난 무렵이었다.
일을 마치고 류자스가 집으로 돌아오니 사샤는 아직 깨어 있었다.
"어서 와, 오빠!"
돌아온 류자스를 기뻐하며 맞이했다.
평소라면 진즉에 잠들어 있을 시간이었는데.
"……빨리 자야 하잖아. 또 감기에 걸린다고."
"하, 하지만…… 오빠 얼굴이, 보고 싶어서……."
그렇게 말하자마자 사샤는 고개를 숙였다.
"……미안해. 제대로, 잘게."
무언가 참는 듯이 미소를 띠더니 사샤는 침실로 돌아가려고 했다.
"……잠깐만."
"……?"

"잘 때까지, 같이 있어 줄게."

무뚝뚝한 태도로 거칠게 사샤의 머리를 쓰다듬었다.

표정이 환해지는 여동생을 보고 류자스는 미소를 띠었다.

"오빠, 책 읽어줘!"

"……어쩔 수 없네."

사샤가 건넨 것은 이미 몇십 번이나 들려준 적이 있는 동화였다.

그것은 세계를 지배하는 나쁜 마왕을 한 청년이 쓰러뜨리는 이야기였다.

청년은 어느 날, 신에게서 힘을 받고 용사가 되었다.

하지만 그는 겁쟁이에 요령이 나빠서 도중에 몇 번이나 실패하고 만다.

그럴 때마다 청년은 울음을 터뜨리고 마는 것이었다.

하지만 그는 결코 포기하지 않았다.

네게는 무리라며 비웃어도 청년은 계속 맞섰다.

그런 그의 모습에 많은 사람들이 빠져들었다.

청년은 그 후로 몇 번이나 실패를 거듭하며, 다양한 사람들에게 도움을 받아 영웅으로 성장했다.

이윽고 모두가 영웅이라 인정하게 된 청년은 동료와 함께 마왕을 쓰러뜨린 것이었다.

나쁜 마왕은 사라지고, 기다리는 것은 모두가 행복하게 지낼 수 있는 세계.

인간도, 아인도, 마족도, 모두가 웃을 수 있는 세계였다.

류자스는 알고 있었다.

그런 세계를 만들 수는 없다는 것을.

마왕을 쓰러뜨려도 모두가 웃을 수 있는 세계는 찾아오지 않는다. 인간과 마족은 결코 서로를 이해할 수는 없다.

평소에는 끝까지 읽으면 사샤는 금세 잠들어버렸다.

하지만 그날은 달랐다.

"……나는 있지. 이 그림책 같은 행복한 세계를 만들고 싶어."

툭하니.

작은 목소리로 사샤는 그렇게 말한 것이었다.

"그 세계에는 다들 싸우지 않고, 매일 즐겁게 노는 거야……."

"…………."

"달콤한 과자 같은 거, 다 같이 먹고. 그리고 같이 낮잠을 잔다든지."

"…………."

"아빠랑 엄마도 있지, 명계에서 웃으며 그걸 보는 거야."

"…………."

"……그런 즐거운 세계가 있다면 좋을 텐데."

그녀의 옆얼굴은 참으로 슬퍼 보여서.

"……만들게."

"어?"

――무리해서 웃는 그녀를 봤다.

소중한 사람들을 잃고, 상처 입고, 슬퍼하고.

그러면서도 계속 무리를 해서 웃는 그녀를.

그 슬픈 미소를 진짜 미소로 만들 수 있다면 얼마나 좋을까.

그렇게 생각했기에.

"――내가 만들게."

그는 맹세했다.

그녀가 미소를 띨 수 있는 세계를 만들자고.

영웅이 되어 행복한 세계를 만들자고.

그것이 그와 그녀의 약속이었다.

마왕을 쓰러뜨리고 인간과 마족의 전쟁을 멈춘다.

류자스는 그렇게 결심했다.

그것을 실현하려면 힘이 필요했다.

그날부터 여동생을 돌보고 일을 하는 것에 더해, 강해지기 위한 수업을 받게 되었다.

처음에는 그림책의 청년처럼 검사가 되려고 했다.

목도를 휘두르고 아버지의 친구였던 병사에게 검을 배우기도 했다.

하지만 류자스에게는 검의 재능은 없었다.

기본은 익혀도 응용으로 이어지지 않았다.

적을 앞에 두면 아무래도 다리가 움츠러들고 마는 것이었다.

류자스는 그림책의 청년처럼 될 수는 없었다.

하지만 그 대신, 그에게는 마법의 재능이 있었다. 그것도 남들과는 다른 재능이.

어머니의 유품인 마도서를 읽고 류자스는 마법을 익혔다.

책을 읽는 것만으로 초급 마법은 완벽히 쓸 수 있게 되었다.

그뿐만 아니라 더욱 효율이 좋은 사용법을 고안해내기도 했다.

류자스는 마법 수업을 시작하고 일 년도 안 되어 마을 최고의 마법사가 되었다.

마을 주위에 나오는 몬스터를 쓰러뜨리고 류자스는 돈을 벌었다.

검소한 생활에서 벗어나 가사 도우미를 고용할 수 있게 되었다.

이윽고 류자스의 이름은 왕도로 전해져서, 왕성으로 오지 않겠느냐고 권유가 왔다.

――영웅이 되기 위한 첫걸음이야.

류자스는 왕성으로 가기로 했다.

왕국 마법사가 되어 명성을 드높이고 언젠가 마왕을 쓰러뜨려 영웅이 되는 것이다.

"오빠, 축하해!"

류자스가 왕성으로 가게 된, 그 전날.

사샤에게 선물을 받았다.

그것은 손수 만든 목걸이였다.

"이건……."

"에헤헤, 오빠한테 비밀로 하고 만들었어."

그것은 결코 고급스러운 물건은 아니었다.

초라하다며 웃는 사람도 있을지 모른다.

그래도 류자스에게 그것은 어떤 보물보다도 가치가 있는 물건이었다.

"있지, 기뻐? 기뻐?"

"…………."

"와, 오빠. 왜, 왜 그래? 어디 아파? 울지 마!"

자그마한 손으로 자신을 쓰다듬는 여동생이 참을 수 없이 사랑스러웠다.

"……조금만 더 기다려줘."

사샤를 끌어안고 음미하듯 말했다.

"반드시, 내가 행복한 세계를 만들어줄게."

"응."

"영웅이 되어서 너를 세계에서 가장 행복하게 만들어줄

테니까."

"……응."

결국.

가냘픈 힘으로 옷을 붙잡는 사샤의 의도를, 류자스는 깨닫지 못했다.

◆ ◆ ◆

왕성에 온 뒤로 류자스의 기세는 엄청났다.

마을에서 얻을 수 없었던 지식을 순식간에 흡수했다.

스무 살이 되었을 무렵에는 모든 속성의 상급 마법을 습득했다.

그야말로 천재였던 그를 질투하는 사람은 많이 있었다.

불합리한 일에 휘말린 적도 한두 번이 아니었다.

하지만 류자스는 꺾이지 않았다.

그들을 개의치 않고 공적을 계속 남겼다.

이윽고 왕성에서 류자스의 이름을 모르는 사람이 사라졌을 때, 그의 이름이 궁정 마법사 후보로 올라가게 되었다.

궁정 마법사는 왕국의 마법사라면 누구라도 동경하는 명예로운 칭호다.

이 무렵에는 왕성 안에서 류자스의 파벌이 생기고 있었다.

궁정 마법사가 되면 왕성에서 그의 지위는 더욱 공고해진다.

더더욱 영웅으로 다가갈 수 있다.
게다가 사샤를 왕도로 데려올 수도 있다.
현재 왕도에는 마왕군의 위협에서 도망치고자 왕국 전체에서 사람이 모여들고 있었다.
그래서 권력을 가진 귀족이나 대상인, 그들의 친족이 우선시되는 것이었다.
평민 출신인 류자스는 뒤로 돌려지고 만다.
게다가 왕도에서 살려면 상응하는 큰돈이 필요했다.
류자스 자신은 마법사용 숙소에서 숙박할 수 있지만 아직 왕도에 거처를 둘 수 있을 만큼의 돈은 없었다.
하지만 궁정 마법사가 되면 이야기는 달랐다. 필요한 만큼의 돈이 손에 들어오고, 평민 출신이라고 뒤로 돌려지게 되는 일도 사라질 것이다.
수년 전의 습격 이후, 마을사람 전원이 돈을 내어 경비는 강화했다.
현재에 이르기까지 몬스터나 마족의 습격을 받지는 않았다.
그럼에도 자신의 눈길이 닿는 왕도로 데려오는 편이 안심할 수 있었다.
이 무렵, 오르테기어가 이끄는 마왕군의 침공은 더더욱 격렬해지고 있었다.
그리 머지않은 시기에 인간과 마족의 결전이 벌어진다.
류자스는 그렇게 확신했다.

"기다려, 사샤. 조금만 더——."

그리고. 류자스가 영웅의 칭호를 손에 넣기, 전에.

이세계에서 용사가 소환되었다.

◆ ◆ ◆

국왕에게, 그리고 중진 귀족에게 신탁이 있었다고 한다.

'성광신' 멜트로부터, 세계를 구하기 위해서 소환을 사용하라고.

소환진 취급 방법도 신탁으로 명확해졌다고.

꿈에서 본 방법 그대로, 이제까지 전이진의 아종으로만 알고 있던 소환진을 작동시키는 데에 성공, 이세계에서 용사를 소환하는 단계까지 진행된 것이었다.

몰래 왕성으로 숨어들었던 마족이 소환진을 파괴하려고 하는 트러블이 발생했지만, 달려온 왕국기사단의 여기사 루시피나 에밀리오르 덕분에 별일 없이 넘어갔다.

예정대로 무사히 용사를 소환하게 되었다.

——뭐가 신탁이냐.

——그런 불확실한 것에 매달리려고 하다니, 맛이 갔어.

마음속으로 그리 생각하면서도, 류자스에게는 소환을 막을 권한은 없었다.

그 후로 금세 이세계에서 용사가 소환되었다.

찾아온 것은 자신을 아마츠라고 한 흑발의 소년이었다.

땅을 부수고, 하늘을 가르고, 마를 멸한다.

그것이 전승에 남아 있는 용사의 힘이었다.

그런 용사의 힘을 왕국을 위하여 사용하도록 부탁했지만, 아마츠는 그것을 거부했다.

기사가 훈련으로 끌어냈지만 계속 물러나며 제대로 싸우려고 하지도 않았다.

그런 아마츠를 보고 왕성 안에서 불만이 싹트기 시작한 무렵이었다.

마왕군이 움직였다.

사천왕 '재단'이 이끄는 일만의 군대가 왕도를 향해 진군을 시작한 것이었다.

용사의 존재를 깨닫고 군을 움직였으리라.

왕국은 황급히 왕도로 전력을 집중시키기 시작했다.

임무로 왕도를 떠나 있던, 루시피나를 비롯한 실력자들도 소집했다.

당연히 류자스에게도 대기 명령이 떨어졌다.

마왕군이 어떤 길을 이용하여 왕도로 향하는지 금세 명확해졌다.

"……말도, 안 돼."

아연실색, 류자스는 중얼거렸다.

마왕군의 진로에 자신의 마을이 있었으니까.

"변경 마을에 손을 댈 여유는 없다. 지금은 전력 집중을 우선한다."

그것이 국왕이 내린 결정이었다.

일만의 군대를 막으려면 왕국은 모든 힘을 다하여 도전해야만 했다.

도저히 시골 마을을 위해서 전력을 쪼갤 여유 따윈 없는 것이었다.

"폐하! 기…… 기다려주십시오!"

류자스는 이의를 제기했다.

마왕군이 국토를 어지럽히기 전에 요격해야만 한다고.

당연히 이의는 받아들여지지 않았다.

전력 문제도 있지만 지금부터는 도저히 때를 맞출 수가 없기 때문이었다.

그럼에도 류자스는 끈덕지게 물고 늘어지려 했지만,

"분수를 알아라! 일개 마법사 주제에, 무례하게!"

"하지만! 저, 적어도 피난 유도만이라도."

"류자스. 왕국의…… 아니, 인간의 존망이 걸려 있다. 그런 사소한 일에 시간을 할애할 수는 없다."

"사, 소……."

그렇게 잘라 말하고, 류자스는 퇴출되었다.

왕성에서 나가지 말라는 엄명과 함께.

이미 류자스는 왕국에서 열 손가락에 들어가는 실력자였다. 그런 전력이 사라지면 곤란하다는 판단 때문이리라.

"……사소한 게 아니야."

류자스는 틈을 봐서 동료에게 부탁했다.

동생을 구하기 위해서 힘을 빌려달라고.

하지만 누구 하나 받아들이는 이는 없었다.

"꼴좋네."

"까불어대니까 그렇게 되는 거야."

류자스를 달갑게 여기지 않는 이들은 그를 그렇게 비웃었다.

류자스는 그림책의 청년처럼 동료의 도움을 받을 수는 없었다.

유일하게 협력해줄 가능성이 있었을 루시피나는 아직 왕도로 돌아오지 않았다. 기다리고만 있어서는 도저히 때를 맞출 수 없었다.

"사샤……."

아무도 협력해주지 않는다.

그 마을은 나라에게 버림받았다.

그런 현실을 앞에 두고 류자스가 마지막으로 매달린 것은,

——이세계의 용사, 아마츠였다.

감시의 눈길을 피해서 류자스는 아마츠의 방으로 향했다.

상대는 일만의 몬스터.

대항할 수 있는 것은 이제 용사밖에 없었다.

"아마츠 경!"

쾅쾅 문을 두드리고 류자스는 외쳤다.

"부탁드립니다! 당신의 힘을 빌려주십시오!"

류자스는 아마츠에게 모든 것을 설명했다.

마왕군이 이곳으로 진군 중이라는 것.
이대로는 마을이 그들에게 당하게 된다는 것.
마을에는 동생이 있다는 것.
왕국은 마을을 버렸다는 것.
"이제 당신밖에 없습니다. 부탁드립니다! 당신의, 용사의 힘을 빌려주십시오!"
그림책 안의, 용사가 된 청년은 말했다.
사람이 상처 입는 것을 보고 싶지 않다고.
틀림없이 아마츠는 도와준다.
그런 희망은,
"그런 거, 내가…… 내가 알 게 뭐냐고!"
용사의 그 한마디로, 박살 났다.
"못 싸운다고, 몇 번을 말해야 알아줄 거냐고!"
"하, 하지만…… 당신은 용사로……."
"갑자기 알지도 못하는 세계로 끌려와서, 싸울 수 있을 리가 없잖아! ……뭐가 용사야. 기사한테 얻어맞은 것만으로 뼈에 금이 갔다고……!"
"세상, 에."
"그런데…… 건성으로 한다, 의욕이 없다, 겁쟁이——그런 식으로 화를 내고, 대체 어떻게 하라는 거야."
문 너머에서 돌아온 것은, 용사라고 불릴 터인 소년의 분노한 외침이었다.
"부탁이야……. 돌려보내 줘. 원래 세계로…… 돌려보

내 줘."

"동생이…… 사샤가──."

"나는 모른다고 그랬잖아!"

그것이 아마츠의 대답이었다.

이것이 현실이었다.

그림책처럼 되지는 않는다.

그 청년 같은 인간 따윈, 이 세상에 없다.

『류자스…… 너는, 오빠야. 그러니까…… 사샤를, 지켜 다오.』

아버지의 말을 떠올리고 류자스는 결의했다.

"내가, 사샤를 지키는 거야……."

◆ ◆ ◆

그리하여 류자스는 홀로 왕성을 뛰쳐나왔다.

마차를 끌고서 제지를 뿌리치며 마을로 향했다.

사샤를 지켜줄 수 있는 것은 자신밖에 없다.

마을에 인접한 산에 다다른 류자스는 마을에서 피난을 온 사람들과 만났다.

짐을 등에 지고, 들이닥치는 몬스터들에게서 도망치는 모양이었다.

그 안에 돈을 내어 사샤를 맡겼던 여자의 모습이 있었다.

사샤의 모습은, 없었다.

"사샤는 어쨌어."

"그건……."

"설마…… 놔두고 왔나?! 웃기지 말라고, 이봐!! 그 녀석이 홀로 도망칠 수 없다는 것 정도는 알잖아?!"

"아니, 사샤의 친구가, 자기가 피난시키겠다고 나섰으니까……."

변명하려는 여자를 밀쳐내고 류자스는 나아갔다.

이곳까지 오느라 말은 잔뜩 지쳐버렸다.

치유 마법으로 해결해보려고 했지만 그것에도 한계가 있었다.

더 이상 마차로 나아갈 수는 없었다.

류자스는 달렸다.

마을에 남겨진 사샤를 구하기 위해, 달리고 달려서.

"――――."

마을 코앞까지 들이닥친 몬스터 군대를 봤다.

보고 그대로 숫자는 일 만에 다다랐다.

지평선을 가득 메울 것만 같은 몬스터의 군대.

사샤는 마을 밖에 있었다.

"사샤!"

짐을 등에 지고 혼자서 도망치고자 걷고 있었다.

걸음은 불안하고 이미 호흡은 거칠었다.

아까 여자가 말했던, 그런 친구의 모습은 없었다.

순간적인 변명이었을 것이다.

이런 상태인 사샤를 내버리고 그 녀석들은 자기들끼리만 도망쳤나.

"오빠……."

눈물을 글썽이며 사샤가 안겨들었다.

가늘게 떨리는 그녀의 몸에서 얼마나 공포를 느꼈는지 알 수 있었다.

"오빠, 오빠, 오빠!"

"늦어서 미안해. 이제 괜찮아."

그리 말하며 이미 류자스는 알고 있었다.

이대로는 사샤를 구할 수 없다고.

예상보다 마왕군의 침공 속도가 빨랐다.

이런 속도로는 이미 피난한 마을사람들도 미처 도망치지 못할 것이다.

당연히 자신들도 도망칠 수 없다.

말이 달릴 수 있게 되려면 아직 시간이 필요했다.

이대로는, 자신들은 여기서 살해당할 것이다.

"……두진 않아."

"오빠……?"

떨리는 다리를 때리고 이를 악물었다.

"사샤에게, 손을 대게 두진 않아."

류자스를 움직이게 만드는 것은 그 생각뿐이었다.

그리고 류자스는 무엇이든 했다.

몬스터가 들어오지 못하도록 마을에 결계를 쳤다.

마을 주위에 떠오르는 대로 최대한 함정을 설치했다.

높은 곳으로 이동해서, 그곳에서 공격을 가했다.

쓰나미를 만들어서 진군하는 마왕군에게 퍼부었다.

그리고 곧바로 거대한 번개를 떨어뜨렸다.

땅을 흔들고, 바람으로 찢어발기고, 불을 지르고, 탁류로 집어삼키고, 뇌우를 발생시켰다.

땅을 나아가는 몬스터를 날려버리고, 하늘을 나는 드래곤을 떨어뜨렸다.

이 타이밍에 습격을 당할 줄은 조금은 생각하지 않았을 것이다.

류자스의 기습으로 마왕군은 대혼란에 빠졌다.

비축하고 있던 마석을 아낌없이 사용했다.

가져온 매직 아이템은 하나도 남김없이 소비했다.

수명이 깎여나가는 것을 알면서도 반동이 강한 마법을 구사했다.

——이제까지의 인생은 모두 이때를 위해서.

후방에 자리 잡고 있던 사천왕 '재단'을 향해 최대 화력의 마법을 연발했다.

날아갈 것 같은 의식을 붙잡아놓고, 포션을 마시고, 피를 토하며 후방으로 마법을 계속 쐈다.

"……피가!"

"괜, 찮아. 걱정 마……."

중과부적――정도의 이야기가 아니었다. 이쪽은 단 하나, 원군은 오지 않는다.

그래도 류자스는 계속 싸웠다.

목이 쉴 정도로 소리 지르며 모든 것을 다 꺼냈다.

그리고.

"――――――――."

마을을 둘러싸고 있던 결계가 부서졌다. 몬스터 군대가 한꺼번에 밀려들었다.

밭이 짓밟힌다.

나란히 서 있던 집이 부서지고, 익숙한 풍경이 파괴된다.

"……젠, 장."

당연한 결과였다.

류자스 혼자서 일만의 군대를 막아낼 수 있을 리가 없으니까.

"오, 빠."

"걱정, 하지 마. 너만은 반드시 내가 지키겠어."

사샤를 안고 높은 곳에서 뛰어내렸다.

함정을 설치하며, 상정해두었던 길로 도주를 개시했다.

『기이이이이이이이이이이!!』

몬스터에게는 금세 발각당했다.

하늘에서 무수한 괴조가 류자스를 향해 돌진했다.

"오――오오오오오오오오오오오오!!"

공중으로 마법을 난사하여 괴조를 격추했다.
떨어지는 괴조에게 정신이 팔린 한순간이었다.
"아, 악."
사각에서 날아온 참격에 옆구리를 베였다.
격통이 느껴지고 의식이 날아갈 뻔했다.
균형을 잃고 류자스는 절벽을 주르르 미끄러졌다.
흐려지는 의식 가운데, 그럼에도 사샤를 놓지 않겠다고 팔에 힘을 실으며.

◆ ◆ ◆

그리고 얼마나 시간이 지났을까.
류자스는 옆구리의 통증에 눈을 떴다.
머리 위에는 나무들이 무성했다.
도중의 나무들이 기세를 죽여준 덕분에, 저런 높은 곳에서 떨어지고서도 살아있는 것이리라.
주위에 몬스터의 기척은 없었다.
나무들로 가려진 사각 덕분에 몬스터들에게 발각당하지 않았을지도 모른다.
거기까지 생각하고, 류자스는 그제야 사샤의 존재를 떠올렸다.
"사샤!"
"오……빠."

옆에서 들린 사샤의 목소리에 가슴을 쓸어내리고,
"——어?"
류자스의 표정은 굳어졌다.
사샤는 바로 옆에 누워 있었다.
옷이 빨갰다.
하얬던 옷이 새빨갛게 물들어 있었다.
"오, 빠……. 괜찮아……?"
"나는 아무래도 상관없어! 젠장, 지금 당장 치료해줄게!"
붉게 물든 옷을 걷고 사샤의 상처로 시선을 떨어뜨렸다.
"————."
살점이 찢어져 있었다.
상처가 내장에까지 다다른 상태였다.
사샤 역시도 아까 그 참격을 당한 것이었다.
그리고 그것만이 아니었다.
나뭇가지가 몇 개나 박혀 있었다.
낙하 도중에 박힌 것이리라.
자상은 있지만 류자스에게 나뭇가지 따윈 박히지 않았다.
다시 말해, 자신은 사샤를 방패로 나뭇가지로부터 몸을 지켰다————?
"아…… 아, 아아아아."
힐을 걸었다.
몇 번이고 몇 번이고, 힐을 사용했다.
상처가 천천히 덮였다.

고위 치유 마법을 사용하려던 참에, 한계가 왔다.

"커, 헉."

한계를 넘은 마력 구사로 찌르는 듯한 두통이 류자스를 덮쳤다.

시야가 흐릿해지고 이명이 고막을 흔들었다.

"이제…… 응, 괜찮아."

그럼에도 계속 치유 마법을 사용하려던 류자스를 사샤는 말렸다.

떨리는 손이 상처투성이가 된 류자스의 손을 다정하게 감쌌다.

서늘한 그 감촉에 숨이 멎을 뻔했다.

"고마워……. 계속…… 지켜줘서."

"말하지 마."

듣고 싶지 않다.

"오빠…… 그렇게나, 강했, 구나……. 멋, 있었어."

"말하지 마!"

듣고 싶지 않다.

"사실은 있지…… 외로웠어……. 오빠가, 마을을 나간 뒤로…… 별로, 만나지 못해서. 그래서…… 오빠가 와줘서…… 기뻤어……."

"——읏! 그, 그러면, 이제 어디에도 안 갈게! 계속, 계속 너랑 같이 있을 테니까!"

"에……헤헤. 기뻐."

피를 토하고 가냘픈 숨을 내쉬며 사샤는 미소 지었다.
아무리 지쳐도 아무리 괴로워도, 사샤의 미소가 있었기에 해낼 수 있었다.
둘도 없는 그 미소가 멀리 떠나버린다――.
가슴을 쥐어뜯고 싶어지는 초조함에, 류자스는 도저히 어떻게 할 수도 없었다.
"미안……해. 오빠한테는, 폐만…… 끼쳐서."
"신경 쓸 것 없어. 나는, 네 오빠야. 동생을 돌보는 건 당연하잖아?"
"……응."
그때, 깨달았다.
사샤의 눈이 자신을 보고 있지 않다는 사실을.
초점이 맞지 않는다는 사실을.
"너, 눈이……."
"있지…… 오빠."
그 말을 가로막고 사샤는 천천히 손을 들었다.
허공을 헤매고 몇 번이나 헛손질하며, 자그마한 손이 류자스의 뺨에 닿았다.
"오빠랑…… 같이 있을 수 있어서…… 정말, 행복했어."
듣고 싶지 않다.
그런 말, 마치, 더는 만날 수 없다는 것 같잖아.
"싫어……. 기다려, 줘."
"밥…… 제대로 먹고. 옷도 빨고…… 촌스럽게 보이면

안 돼. 그리고…… 오빠는 말이 험해서…… 쉽게 오해를 사니까…… 조심하고…….”

“안 돼…… 네가 없으면, 나는…….”

뺨에 대고 있던 손이 류자스의 머리카락에 닿았다.

옛날에 그가 했던 것처럼, 사샤는 다정하게 류자스의 머리를 쓰다듬었다.

사랑스럽다는 듯, 귀여워하듯.

“오빠는…… 강하니까, 내가 없어도…… 괜찮아.”

“사샤…….”

손가락에서 조금씩 힘이 빠져나갔다.

내려가는 손을, 류자스는 매달리듯 붙잡았다.

“조금만 더 있으면……! 조금만 더 있으면, 네가 바라는 세계를 만들 수 있어! 왕국에서 용사를 소환했어! 용사가 싸운다면 마왕 따윈 금방 쓰러뜨릴 수 있어!”

“………….”

“나, 나는, 나는 영웅이 될 수는, 없지만…… 그 용사가 틀림없이——.”

사샤의 눈에서 눈물이 흘러내렸다.

“오빠는, 있지———.”

그 말을 마지막으로, 사샤는 더 이상 아무 말도 하지 않았다.

“사……샤?”

온화한 미소를 띤 채, 사샤는 깊이 잠들었다.

"아…… 아아……."

두 번 다시, 눈을 뜨지 않았다.

"아아, 아아……."

바득바득 가슴을 쥐어뜯고 피가 번질 만큼 주먹으로 땅바닥을 내려쳤다.

더는 움직이지 않는, 가장 사랑하는 동생을 유해를 끌어안고 마법사는 통곡했다.

"아아, 아아아아아아아아아아아아아아——악!!"

이제는 아무도 없는 절벽 아래에서 피를 토하는 것 같은 원한의 외침이 울려 퍼졌다.

하늘을 찌를 듯이, 언제까지고, 멀리, 높이까지.

마왕군의 진군은 중단되었다.

마을에서 벌인 공방으로 군대의 4할이 줄어들었으니까.

류자스는 혼자서 일만의 군대를 철수까지 몰아넣은 것이었다.

사샤를 두고 피난을 간 마을 사람들은 살았다.

마왕군은 마을을 유린한 뒤, 손해 정도를 보고 철수를 선택했으니까.

구하지 못한 것은 사샤뿐이었다.

홀로 왕국으로 돌아온 류자스를 기다리던 것은 왕의 명

령을 어겼다는 사실에 대한 벌이 아니었다.
홀로 마왕군을 철수하게 만들었다는 찬사였다.
"류자스 길버언. 귀공에게 궁정 마법사의 칭호를 내리겠다."
국왕에게서 찬사와 함께 궁정마법사의 칭호가 내려졌다.
왕국의 마법사 모두가 동경하는, 명예로운 칭호.
"혼자서 마왕군을……."
"마도…… 아니, '대마도'야!"
"'대마도' 류자스 길버언!"
사람들은 아낌없이 찬사를 보냈다.
대마도사라는 호칭과 함께, 류자스의 이름은 순식간에 왕국 전역으로 퍼졌다.
왕국에서 류자스를 모르는 이는 더 이상 없었다.
궁정 마법사—— 류자스가 바라던 칭호.
"……아니야."
'대마도'—— 류자스가 바라던 찬사.
"아니야!"
참을 수 없이 바라던 것이었다.
"나는…… 나는, 이런 걸 바랐던 게……."
전부, 전부, 전부.
모든 것이 전부, 사샤를 위해서였다.
사샤를 행복하게 만들어주고 싶다, 그저 그것뿐이었는데.
전혀 기쁘지 않았다.

수여식을 계기로 왕국은 대마도의 화제로 가득해졌다.

도움이 되지 않는 용사를 대신하여 류자스를 칭송하는 목소리로 넘쳐날 정도였다.

하지만 그것도 채 한 달도 안 되어 그쳤다.

아마츠가 진가를 발휘했기 때문이었다.

틀어박혀 있었을 터인 용사는 방을 나와 전투에 참가했다.

재차 쳐들어온 마왕군에게 반격한 것이었다. 그리고 첫 전투에서 마왕군을 격퇴하는 데 성공했다.

기사들과 협력해서 6할에 가까운 전력을 깎아낸 것이었다.

"―――――."

류자스는 단독으로 4할을 깎아냈다.

기사의 협력은 있었지만 아마츠는 6할을 전력을 깎아 냈다.

다시 말해, 그때.

그때, 아마츠가 협력해주었다면―――――.

"……뭐가 못 싸운다는 거냐."

일기당천이라는 듯, 마법으로 몬스터를 날려버리는 아마츠의 모습을 봤다.

칼을 한 번 휘둘러 대지를 가를 정도의 참격을 날리는 아마츠의 모습을 봤다.

용사라고 부르기에 걸맞은 힘으로 마왕군을 유린하는

아마츠의 모습을 봤다.

"뭐가! 못 싸운다는 거냐!! 네가!! 네가 싸워줬다면, 사샤는……!!"

말도 안 되는 원한이었다.

제멋대로인 요구였다.

아마츠가 왔다고 해도, 구할 수 있었다는 보장은 없었다.

그런 것은 알고 있었다.

그런 것은, 너무나도 잘 알고 있었다.

하지만―― 도저히 그렇게 생각하지 않을 수가 없었다.

그리고 인간의 반격이 시작되었다.

아마츠를 기치로 세워 마왕군의 지배를 격파했다.

마법사 대표로 류자스는 아마츠와 함께 행동하게 되었다.

적어도 사샤가 바랐던 대로 마왕을 쓰러뜨리자.

그리고 자신이 영웅이 되는 것이다.

명계의 사샤에게 자신의 명성이 전해지도록.

그것만을 버팀목으로 류자스는 싸웠다.

왕국에 대한 불신도, 슬그머니 다가오는 동료에 대한 짜증도, 약한 소리를 내뱉는 아마츠에 대한 증오도.

모든 것을 집어삼키고 여동생에 대한 맹세만을 의지하

여 계속 싸웠다.

하지만 그 맹세가 이루어지는 일은 없었다.

――세계는 아마츠 일색으로 물들었으니까.

루시피나와 디오니스가 가담할 무렵에는, '영웅 아마츠'라는 이름이 세계에 퍼져 있었다.

그렇다, 영웅.

영웅의 이름은 류자스가 아니라 아마츠의 것이 되었다.

미웠다.

아마츠가, 미웠다.

그래도 류자스는 견뎠다.

자신이 영웅이 되는 것에 일말의 희망을 걸고 계속 싸웠다.

여행 도중, 마족에게 점거당한 교국의 성도 파미나에 도착했을 때의 일이었다.

디오니스와 루시피나가 부상을 당하고 아마츠도 둘을 돕기 위해서 사라졌다.

제대로 싸울 수 있는 것은 류자스 하나뿐.

이 도시를 구할 수 있는 것은 류자스 단 하나뿐――.

"혼자여야 된다고……. 내가 이 도시를 구하는 거야. 내 이름을 퍼뜨리기 위해서!!"

그리하여 류자스는 덮쳐드는 몬스터와 마족을 단독으로 물리쳤다.

중간부터 아마츠가 왔지만 파미나를 구한 것은 류자스

였다.

류자스가 적을 무찌르고 사람들을 구한 것이었다.

"크, 하하. 해냈어. 해냈어, 해냈다고……!"

아마츠가 아니다.

류자스가 이 도시를 구한 것이었다.

그리고 슈메르츠로 돌아온 그들을 기다리던 것은,

"용사님 일행이 왔어!"

"그렇게나 많은 마족을 쓰러뜨린 영웅……."

"'영웅 아마츠'다!"

영웅 아마츠를 칭송하는 목소리였다.

"……아아."

싫어도 이해했다.

아니…… 진즉에 이해하고 있었다.

무엇을 하더라도 자신은 영웅이 될 수 없다고.

아마츠가 있는 한, 영웅이라 불리는 일은 없다고.

——그래도.

그래도 사샤가 바란 세계를 만들고 싶다.

적어도 그것만은.

그것만은 내가 실현시키겠다.

마지막에 남은 것은 그 심상뿐이었다.

——그런데.

전투 뒤, 멜트 교단의 교황은 물었다.

무엇을 위해서 싸우냐고.

그 물음에 아마츠는 이렇게 대답했다.
당당한, 결의에 찬 표정으로.
모두가 동경하는, 그런 영웅에 어울리는 표정으로, 이렇게 대답한 것이었다.
동생을 내친 남자가, 그 입으로, 이렇게 말한 것이었다.

"——모두가 웃을 수 있는 세계를, 만들고 싶어요."

어쩌면.
이 순간에 그 남자는 망가진 것이리라.
어째서.
어째서, 어째서, 어째서, 어째서.
웃기지 마. 웃기지 마, 웃기지 마, 웃기지마웃기지마웃기지마웃기지마웃기지마!!
안 된다, 그것만은, 그것만은, 그 심상만은————.
그때 류자스는 부정한 충동에 삼켜졌다.
"……네놈이, 사샤의 꿈을 이야기하지 말라고."
억누르던 증오를 더는 어떻게 할 수가 없었다.

——그렇게, 자신에게서 살아갈 의미조차 빼앗으려고 한다면.
——동생이 죽게 내버려 두었던 네가, 그런 세계를 만들겠노라 말한다면.

"……어떤 수단을 쓰더라도, 네놈만큼은, 반드시 죽여 주마."

그렇게, 맹세했다.

이것이 어리석은 마법사의 전말.
영웅에 뜻을 둔 남자의, 시시한 말로였다.

제11화『영웅 소원』

기광 미궁, 최심부의 방 천장에 뚫린 구멍으로 밝아오기 시작한 하늘이 보였다.

흑휘천탄이 뚫은 구멍에서 빛이 비쳐들어, 대치하는 두 복수자 사이를 비추었다.

방에 울리는 것은 광기와 증오, 그리고 자조가 담긴 류자스의 말뿐이었다.

"―――――."

류자스가 이야기한 내용에 이오리는 눈매를 가늘게 만들었다.

어렴풋하지만 류자스가 이야기한 내용은 기억이 있었기 때문이었다.

소환되자마자 이오리는 방에 틀어박혔다.

그동안, 딱 한 번 기사가 억지로 모의전에 참가시킨 적이 있었다.

결과는 비참하게도 이오리는 목도를 맞고 팔뼈에 금이 가서, 끝내는 "건성으로 하고 있다"라며 욕설을 듣는 꼴이 되었다.

"…………."

격해지는 분노와 함께 방에 틀어박혀 있을 때―― 분명히 "힘을 빌려달라"라고 그런 기억이 있었다.

그것이 누구였는지는 이제까지 몰랐지만.

그것은…….

"있잖아."

입을 다문 이오리를 향해 류자스가 말했다.

"국왕이 바뀌었다는 건 깨달았지? 어째선지 가르쳐줄까. 선대 국왕이 원인 불명의 병으로 죽었으니까. 자기 방 안에서, 고통스러운 표정으로 심장이 멈춘 게 발견되었지."

떨리는 목소리로 그렇게 이야기하며, 무의식적인지 류자스는 로브 위로 가슴을 바득바득 쥐어뜯었다.

"그 후, 기사와 마법사 몇 명이 같은 상태로 발견됐지."

바득바득, 그 소리에 점차 숨을 내쉬는 것 같은 소리가 섞이기 시작했다.

그것은 점차 커지고, 이윽고 경련하는 것 같은 비웃음으로 바뀌었다.

가슴을 쥐어뜯고, 몸을 떨고 웃으며 류자스는 손으로 눈가를 덮었다.

입가는 미소의 형태로 일그러졌다.

"……뭐."

한동안 몸을 떤 뒤, 류자스는 천천히 얼굴에서 손을 뗐다.

"그런 건 **사소**한 일이야."

내뱉듯이 류자스는 말했다.

"'재단' 녀석은 네놈과 싸우고 만족스럽게 죽었지. 내가 쳐 죽여주고 싶었는데."

"…………."

"남은 건 네놈과 오르테기어뿐이야. 네놈한테서 『용사의 증표』를 빼앗고, 나는 오르테기어를 죽이겠어."

그저 허무만이 비치는 두 눈이 이오리를 봤다.

"있잖아, 아마츠."

침묵을 계속 유지하는 이오리를 향해 류자스가 이야기를 건넸다.

"너, 그랬잖아. 모두가 웃을 수 있는 세계를 만들고 싶다고."

처음에는 평탄한 목소리였다.

"그때, 나한테 알게 뭐냐고 소리쳤던, 그 입으로 말이야……."

점차 류자스의 목소리가 떨렸다.

평탄했던 말에 열기가 실리기 시작했다.

"모두가 웃을 수 있는 세계를 만들어……? 그렇다면 그때, 어째서 힘을 빌려주지 않았는데."

"————."

"어째서, 사샤를 구해주지 않았냐고!!"

그리고 폭발했다.

"네놈이라면 할 수 있었을 테지! 몬스터든 마족이든 사천왕이든 일만의 군대든!! 네놈이라면 쓰러뜨릴 수 있었을 거야!! 그런데 어째서!! 어째서, 어째서, 어째서, 사샤를 구해주지 않았냐고!!"

머리카락을 흐트러뜨리고 주먹을 움켜쥐며——류자스

는 포효했다.

자신의 무력함을, 자신의 무참함을, 더할 나위 없이 이해하면서도 소리를 지를 수밖에 없었다.

"사샤한테는, 네놈이 말하는, 모두가 웃으며 지낼 수 있는 세계를 살 권리는 없다는 거냐!!"

절규와 함께 류자스는 이오리를 향해 움직였다.

충동에 내맡긴 그 움직임은 이제까지의 행동 가운데 최고의 속도를 자랑했다.

괴신빙위로 강화된 주먹이 이오리의 뺨을 때리고 아득히 후방으로 날려버렸다.

"윽."

인간의 범주를 아득히 뛰어넘은 그 위력에 이오리의 시야가 뒤흔들렸다.

벽에 격돌하여 손에서 비취의 태도가 주르륵 떨어졌다.

류자스도 멀쩡하지는 않았다.

이오리를 때린 주먹은 충격을 견디지 못하고 완전히 찌그러졌다.

괴신빙위는 힘의 대가로 온몸에 엄청난 부하를 가한다.

그저 한 번의 행동으로 온몸이 고깃덩어리로 변할 수도 있을 정도의 부하를.

류자스가 계속 살아있는 것은, 치유 마법을 병용하여 망가진 부분부터 치유하고 있기 때문이었다.

그럼에도 계속 살점이 터질 정도의 고통을 느껴야 한다

는 사실에 변함은 없었다.

그런 고통을 당하고 표정 하나 변하지 않은 채, 류자스는 말했다.

"……그렇다면, 인정 못 해."

서서히 형태를 되찾는 주먹을 흘끗 보지도 않고, 류자스는 말을 거듭했다.

"그 아이가 행복해질 수 없는 세계 따윈, 인정 못 해!"

여러 가지가 뒤섞인 감정을, 피를 토할 듯한 원한을 이오리에게 내던졌다.

"뭐가 모두가 웃을 수 있는 세계냐! 무슨 입으로 그딴 소리를 해대는 거냐!! 그럴싸한 소리만 하고 흡족해서는, 반한 여자 앞에서 그럴듯한 모습을 보여주고 싶었을 뿐이잖아!! 네놈이, 사샤의 이상을 이야기하지 말라고!!"

어떤 그럴싸한 소리를 입에 담든, 전 세계의 인간을 구하든.

정말로 누구라도 행복해질 수 있는 세계를 만들든.

이미 그곳에 사샤는 없다.

모든 것을 구원하고 싶다, 그러는 영웅이 단 하나뿐인 동생을 내버려 두었다는 사실은 변함이 없다.

"그런 세계는 내가 부정하겠어. 네놈의 심상은 내가 박살 내주겠어!"

휘청휘청 일어선 이오리의 얼굴은 앞머리에 가려 보이지 않았다.

"……말라고."

무슨 소리를 하던 알 바 뭐냐고, 괴신빙위 위로 더더욱 강화 마법을 걸고 류자스는 주먹을 두들기려고 했지만,

"——제멋대로인 소리만, 하지 말라고!!"

그보다 빨리, 이오리의 주먹이 그의 안면을 후려쳤다.

"흐, 가."

심상 마법을 사용하여 영웅 시절의 힘에 다가선 이오리의 주먹은 마법마저 꿰뚫었다.

류자스가 즉사하지 않았던 것은 괴신빙위로 강화되었기 때문이었다.

주먹의 위력에 이번에는 류자스가 방 반대쪽으로 날아갔다.

비취의 태도를 회수하며 이오리가 말을 반복했다.

"제멋대로인 소리만 하지 말라고!"

"……윽."

송곳니를 드러내며 이오리가 분노를 노출했다.

피를 토하며 일어서서, 류자스는 실내가 얼어붙을 듯한 노기를 정면으로 받아들였다.

"몇 번이나 설명했잖아. 막 소환된 나는 아무것도 할 수 없었어. 아무것도 알 수 없었어! 싸우는 방법도, 힘을 사용하는 방법도, 문자를 읽는 방법도, 대체 무엇과 싸우는 건지도!! 그런 나한테 어쩌라는 거야!!"

"그래도 네놈이라면 할 수 있었을 테지!! '성광신'에게 받

은『용사의 증표』를 가진, 네놈이라면!!"

그때까지 잠자코 있던 이오리의 외침이 방을 뒤흔들었다.

하지만 류자스도 물러서지 않았다.

『용사의 증표』는 '성광신'이 용사에게 주는 절대적인 힘의 상징이었다.

그것을 가졌으면서 무엇을 했느냐고, 류자스는 이오리를 규탄했다.

"그 증거로, 네놈은 첫 출전에서 수백, 수천의 몬스터를 쓰러뜨리지 않았냐!! 너라면 사샤를 구할 수 있었을 텐데!"

"못 했다고 그랬잖아!! 모르는 세계로 불려 와서, 갑자기 너는 용사니까 싸워라? 웃기지 마!! 네놈들의 사정을 멋대로 밀어붙이고, 멋대로 기대하고, 오히려 화내는 게 무슨 짓이냐고!!"

양쪽의 외침이 메아리쳤다.

오히려 화를 낸다── 그런 것은, 류자스는 알고 있었다.

자신이 잘못했다, 이오리의 말이 옳다. 알고 있었다.

알고, 이해하고, 그러면서도 도저히 용서할 수 없었다.

동생을 죽게 내버려 둔 주제에 모두를 구하고 싶다는 소리를 한, 이 남자를.

"첫 출진에서도, 몇 번이나 죽을 뻔했어. 적을 죽이는 감각에 몇 번이나 토했어! 살기 위해서, 원래 세계로 돌아가기 위해서 필사적이었어! 네 동생을 구할 여유 따윈, 그때의 나한테는 없었다고!!"

"그렇다면 영웅 아마츠로서, 모두를 도울 수 있는 세계를 구하겠다는 소리를 지껄이지 마! 구하고 싶다니 무슨 헛소리야!!"

이오리가 펼친 참격과 류자스가 구사한 마법이 격돌했다.

폭풍이 휘몰아쳐서 시야가 흙먼지로 뒤덮인 가운데, 그럼에도 둘의 시선은 계속 교차하고 있었다.

"……남을 따라 하거나 속은 게 아니야. 너도 디오니스도, 부정하게 두지 않아."

"윽."

"괴로워하는 사람들을 보고, 울고 있는 사람들을 보고, 함께 싸운 너희를 보고! 나는 정말로 구하고 싶다, 그렇게 생각했어."

"그런 거…… 내가 알 게 뭐냐!!"

짜내는 듯한 이오리의 외침에 류자스가 포효했다.

또다시 참격과 마법이 격돌하고 폭풍의 기세를 이용하여 둘은 거리를 벌렸다.

"괴로워하는 사람? 울고 있는 사람이라고?"

"……그래."

"……웃기지 마. 사샤는 계속 괴로웠어. 울고 있었어."

"그러니까 그때는!!"

반박하려던 이오리를 류자스의 절규가 가로막았다.

"――그렇게 네가 내버린 게, 내 가장 소중한 것이었다고오!!"

수십 개의 마법이 동시에 전개되었다.

목이 쉴 정도로 소리 지르며 류자스는 폭풍처럼 마법을 발사했다.

엘피가 말려드는 것을 막기 위해 이오리는 일 아타락시아를 전개했다.

거대한 방패가 밀려드는 마법을 모조리 무력화시켰다.

"얕보지 마라!!"

모든 마법이 흑휘천탄으로 바뀌어 방패를 뚫기 시작했다.

서서히 방패는 깎여나갔지만,

"커, 헉."

류자스가 시커먼 피를 토하고 휘청거리면서 공격이 중단되었다.

"——아."

시야가 불분명해지고 이명이 뇌를 깎아내는 것 같았다.

그것은 마력이 떨어진 현상이었다.

"……또, 마력이……."

그 순간을 이오리는 놓치지 않았다.

일 아타락시아를 없애고 류자스와의 간격을 단숨에 좁혔다.

그의 목을 노리고 이오리는 비취의 태도를 휘둘렀다.

"————."

비취의 태도는 닿지 않았다.

류자스의 실체가 틀어지며 칼날은 허공을 갈랐다.

"로스트 매직 명인괴리……!"
지면을 박차고 류자스는 비스듬히 후방으로 도약했다.
하지만 무리한 마법 구사의 대가는 금세 류자스를 덮쳤다.
"가, 아아아아아아아아아아아아악!!"
사신에게 배운 로스트 매직.
존재를 명계로 틀어서 모든 공격을 회피할 수 있는 마법이다.
하지만 산 자는 명계에서 살 수는 없다.
불과 한순간이라도 명계의 공기에 닿으면 혼이 깎여나가고 마는 것이었다.
"가……아……."
명계의 공기에 닿아 류자스는 죽음 직전까지 혼이 깎여나갔다.
마력은 떨어지려 하고, 혼이 깎여나가고, 의식은 잃기 직전이었다.
심상 마법은 이미 벗겨져 나갔다.
그런 모습을 앞에 두고 이오리는 파고들지 않았다.
"……윽."
이오리가 두르고 있던 심상 마법도 벗겨져 나갔기 때문이었다.
"……마력이 떨어졌나."
막대한 마력을 소비하는 심상 마법에 더해, 몇 번이나 마법을 사용했다.

마력이 떨어질 지경이라도 이상하지는 않았다.

"……!"

포선으로 손을 뻗으려던 이오리 앞에서 류자스가 일어섰다.

만신창이인 상태에서도 류자스는 의식을 유지한 것이었다.

——그래, 녀석의 입장에서는 억울한 원한이야.

류자스는 마음속으로 그리 자조했다.

이오리의 말은, 옳다.

잘못하는 것은, 자신이다.

멋대로 소환해서 멋대로 기대한 것은 사실이다.

"……그래도."

——네 사정은 알았다.

이오리는 마음속으로 그리 중얼거렸다.

이 남자가 무슨 생각으로 자신을 죽였나.

진짜 이유를 이해했다.

생각하는 바가 전혀 없지는 않았다.

영웅이었던 무렵의 자신이 품은 이상의 이면으로, 구하지 못했던 사람이 있었다는 사실을 알았다.

"……그래도."

두 복수자는 외쳤다.

""—너를 죽이겠어!!""

그리고,

"—【영웅 재현(더 레이즈)】."
"—【영웅 소원(언리콰이티드 더티 드라이브)】."

—둘의 심상이 격돌했다.

제12화 『나의 영웅』

——칠흑과 회백색이 격돌하고 맞붙었다.

빛나는 마법과 번뜩이는 칼날이 격돌하고 실내에 충격이 휘몰아쳤다.

인지를 초월한 속도로 달리는 둘은 모두 철저하게 공세, 한 걸음도 물러서지 않았다.

방 가장 깊은 곳에 쓰러진 엘피스자크는 그저 그 광경에 놀라고 있었다.

"오오오오오오오——!!"

마력을 짜내고 영혼을 깎아내며 류자스는 마법을 계속 쐈다.

괴신빙위의 힘으로 실내를 종횡무진 달려 이오리의 공격에서 도망치면서도 계속 공격했다.

이오리의 전투 방식은 잘 알고 있었다.

마법도 검술도, 원거리도 근거리도, 모든 부분에서 저 남자는 최고봉의 실력을 자랑한다.

그렇기에 유일하게 나은 마법을 가지고 이오리의 접근을 계속 막아냈다.

"하아아아아아——앗!!"

마법을 구사하고 참격을 날리며 이오리는 류자스를 쫓았다.

염, 풍, 뇌, 풍, 토——모든 마법이 이오리의 행동을 막았다.

하지만 그 모든 마법을 모조리 박살내며 류자스에게 다가갔다.

근접전에서는 이쪽이 압도적으로 유리했다.

마법사가 아무리 신체 능력을 높이더라도 기술에 차이가 너무도 크기 때문이었다.

그렇기에 이오리는 류자스와의 거리를 좁혔다.

"——'로스트 매직 용단폭포(龍斷瀑布)'."

이오리 바로 위에 거대한 물이 나타났다.

처절한 기세로 물이 이오리에게 쏟아졌다.

드래곤마저도 절단하는 격류.

"'임팩트 미러'."

떨어지는 폭포를 향해 이오리는 칼날을 움직였다.

그 직후, 물의 기세가 격렬해지며 동시에 류자스 쪽으로 창끝을 바꾸었다.

반사되어 무시무시한 기세로 들이닥치는 격류의 칼날에,

"그, 아아아아아아!!"

류자스는 얼음 기둥으로 대응했다.

사출된 얼음 기둥이 격류와 격돌, 으득으득 소리를 내며 물을 결빙시켰다.

완전히 얼어붙어서 움직임을 멈춘 얼음 결정에 호흡을 가다듬은 것도 잠시, 동결된 격류가 둘로 쪼개졌다.

언덕 정도의 얼음덩어리를 둘로 가른 이오리가 돌진한

것이었다.

"윽."

류자스는 마법을 발사하며 후퇴할 수밖에 없었다.

하지만 스스로 무너질 정도의 속도로 달리는 류자스를 이오리는 완전히 붙잡고 있었다.

그뿐만 아니라 그 속도에 따라붙었다.

마법의 방해를 신경도 쓰지 않고 거리를 좁히기 시작한 것이었다.

괴물 같은 그 힘을 앞에 두고 류자스의 증오가 악화되었다.

"이런 힘을 가졌으면서, 네놈은! 아마아아아츠!!"

그 후로의 공방은 더욱 격렬해졌다.

거리를 계속 벌리던 류자스가, 반대로 이오리와의 간격을 좁히기 시작했기 때문이었다.

괴신빙위 위로 강화 마법과 치유 마법을 더더욱 겹쳤다.

그저 걷는 것만으로 온몸이 너덜너덜해지는 충격과 격통을 눌러 삼키고, 류자스는 이오리에게 들이닥쳤다.

그리고 지근거리에서 대규모 마법을 연사했다.

"윽――."

이오리가 수세로 돌아가는 그 한순간을 노려, 류자스의 마법은 더욱 격렬해졌다.

마법사의 상식을 뒤집는 듯한 공격을 받고 이오리는 휘청거렸다.

다시 건 심상 마법이 재차 풀리기 시작했다.

마법을 터뜨릴 때마다 확실하게 마력과 체력이 깎여나가는 것을 알 수 있었다.

포션으로 마력을 보급할 여유는 없었다.

더 이상 오래 버티지는 못하리라.

하지만 류자스도 그것은 마찬가지였다.

류자스는 수명을 깎으며 싸우고 있었다.

심상 마법으로 전성기의 상태로 돌아갔을지라도, 거듭되는 소모는 확실하게 류자스를 좀먹고 있었다.

이제는 오 분도 버티지 못할 것이다.

——그러니까 결판은 눈앞으로 다가왔어.

접근하여 지근거리에서 공격한다는, 류자스가 선택한 최후의 전법.

처음에 이오리는 의표를 찔렸지만 이미 그 움직임을 포착하고 있었다.

일 분 뒤에는 이오리의 공격이 서서히 류자스를 스치기 시작했다.

"하아아아앗!!"

이오리가 마법을 구사하고 검을 휘둘렀다.

모습은 다르지만 삼십 년 전 아마츠의 움직임 그 자체였다.

"……아아."

——처음부터.

영웅의 힘을 휘두르는 이오리를 보고 류자스는 마음속으로 중얼거렸다.

——처음부터, 알고 있었어.

스펠 디바우어로 괴신빙위를 제외한 강화 마법이 벗겨지고 류자스의 움직임이 둔해졌다.

이오리가 발사한 '파이어 불릿'이, 움직임이 둔해진 류자스의 피부를 태웠다.

포효로 격통을 얼버무리고 류자스는 더더욱 앞으로 내디뎠다.

——나는, 영웅이 될 수 없다는 걸.

많은 사람이 계속 말했다.

류자스 길버언은 영웅이 될 수 없다고.

——우습네. 아마츠를 대신해서 영웅이 된다고? 너 같은 잔챙이가?

아마츠를 죽인 뒤, 디오니스의 말이었다.

자신은 마왕군에 소속되어 있다, 디오니스는 그 사실을 밝혀 류자스를 희롱하며 그렇게 비웃었다.

그 말이 맞는다고 생각했다.

——아마츠를 죽게 두고, 뻔뻔스럽게 돌아왔나?! 이 쓸모없는 녀석!!

어떻게든 마왕성에서 살아남아 귀환한 류자스를 기다리던 것은 욕설이었다.

영웅을 지키지 못했다니 대체 뭘 했느냐고, 국왕이 따

졌다.

동생마저 지키지 못했으니 당연하겠지, 무심코 자조했다.

――류자스 길버언. 마왕을 죽일 수 있을 만큼의 힘…… '영웅'이 될 수 있는 힘을, 원하지 않나?

모든 인간의 희망이었던 영웅 아마츠가 죽고 인간은 또다시 궁지에 빠졌다.

류자스 혼자서는 형세를 바꾸지 못하고, 오르테기어를 죽이는 것은 그야말로 꿈같은 이야기.

그런 시기에 나타난 것이 '사신'이었다.

힘이 손에 들어온다면 무슨 일이든 하겠다.

류자스는 '사신'에게서 '인과반장'을 비롯한 마법을 받았다.

하지만 결과는 엉망이었다.

강력한 마법을 익힌 대신에 류자스의 마력은 흐트러졌다. 생각대로 마법을 구사할 수 없게 되어버린 것이었다.

그 결과, 오르테기어에게 다다르지도 못하게 되었다.

――이상하네……. 너라면 몇 걸음은 앞으로 나아갈 수 있을 거라 생각했는데.

약해진 류자스를 보고 '사신'은 곤란하다는 듯 말했다.

――아무래도 너는 영웅의 그릇이 아니었나 봐.

그 후로도 몇 년이고 마법 연구를 계속했다.

마력을 되찾기 위해, 오르테기어를 쓰러뜨릴 만큼의 힘을 얻기 위해.

영웅이 될 수 있을 만큼의 힘을 손에 넣기 위해.

그리하여 여기까지 왔다.

하지만――.

"……처음부터, 알고 있었어."

――자신이 영웅의 그릇이 아니라는 사실은.

남들의 말을 들을 필요도 없이, 류자스 본인이 가장 잘 이해하고 있었다.

누구보다도 오래 지켜봤으니까.

그의 옆에서 싸우던 루시피나보다도, 디오니스보다도.

적을 쓰러뜨리는 '영웅'의 뒷모습을, 계속 지켜봤다.

――영웅의 뒷모습은 저다지도 눈부셨으니까.

쓰레기인 자신은 무엇을 하더라도 닿지 않는다.

그런 사실은, 싫을 만큼 이해하고 있었다.

"커, 헉."

비취의 태도가 류자스의 어깨에서 옆구리까지 베었다.

피를 흩뿌리며 류자스는 무참히 바닥을 굴렀다.

"하지만……."

뚝뚝 피를 흘리며.

류자스는 그래도 일어섰다.

"하지만……!!"

만신창이인 육체로 류자스는 계속해서 이오리를 노려봤다.

"내가 포기하면……. 내가 영웅이 되는 걸 포기하면――."

류자스가 대마법을 구사했다.

사용하는 것은 '낙성무궁(落星無窮)'.

거대한 마력 덩어리를 상대의 머리 위에서 떨어뜨리는 마법이었다.

그것을, 자신이 말려드는 것도 개의치 않고 눈앞으로 다가오는 이오리에게 직접 발사했다.

"네놈이 그냥 내버려 둔 사샤의 죽음이, 끝내 아무런 보답도 받지 못하잖아!!"

현재 류자스가 사용할 수 있는 최고의 마법——.

"——윽."

비취색이 움직였다.

낙성무궁이 최대의 위력을 발휘할 때까지, 발동부터 몇 초의 시간차가 있었다.

그 순간을 이오리는 놓치지 않았다.

"하——아아아아아아아아앗!!"

——제1귀검 단계(斷界).

상단에서 아래로 검을 휘두를 뿐인 기술이다.

참격을 날릴 수는 없어서 유효범위도 좁다.

하지만 그 일격은 간격에 들어온 모든 것을 절단한다.

귀검이 자랑하는 최대의 기술.

"————."

별이 정면에서 둘로 잘렸다.

"이것조차 통하지 않는 거냐……."

물론 이오리도 멀쩡하지는 않았다.

막대한 양의 마력에 닿았기에 온몸의 살점이 무참히 불타고 있었다.

그럼에도 이오리는 멈추지 않았다.

류자스의 눈앞으로 육박했다.

"——윽."

피할 수 없다.

그 사실을 이해한 류자스의 다음 행동은 검을 만들어내는 것이었다.

만들어낸 검을 들고 이오리에게 반격했다.

——언젠가 보았던 그림책의 청년처럼.

"아마아아아아아아아아아아아아츠!!"

"류자아아아아아스!!"

그리고 두 자루 칼날이 교차했다.

"————."

류자스가 든 칼끝은 이오리의 뺨을 베었다.

뚝뚝, 칼날을 타고 피가 흘렀다.

그리고——.

"——커, 헉."

이오리가 든 비취의 태도는 류자스의 가슴을 관통했다.

전혀 빗나가지 않고 칼날은 류자스의 심장을 꿰뚫었다.

입에서 대량의 피가 흘러내렸다.
그의 몸이 스르륵 기울고,
"……아직, 이다."
그럼에도 쓰러지지 않았다.
"나를…… 죽였구나, 아마츠."
"!"
그 말에 이오리는 즉각 류자스에게서 거리를 벌렸다.
무시무시한 마력의 발로를 알아차렸기 때문이었다.
"마력…… 변환."
칠흑의 로브를 벗고 그곳에 담겨 있던 마법을 해방했다.
로브에 담겨 있던 마법이 효과를 잃고 마력으로 바뀌었다.
치유, 자폭, 모든 술식을 단 하나의 마법에 쏟아 넣었다.
"나는, 영웅이 될 수 없었어."
툭하니, 류자스는 그렇게 말했다.
"아마츠."
빛을 잃어가는 두 눈이, 그럼에도 이오리를 시야에 비추었다.
"영웅 아마츠."
꿰뚫린 가슴에서 흐르는 혈액이 갑자기 멎었다.
"네놈이 영웅이라고 한다면……."
가슴의 구멍에서 검붉은 마력이 배어 나왔다.
그것은 서서히 형태를 이루고 하나의 팔이 되었다.
마법이라 부르기에는 너무도 꺼림칙한――그것은 죽음

의 팔이었다.

——'로스트 매직 인과반장'——

죽음의 원인으로, 죽음을 되돌리는 마법.

그저 그것뿐인 마법이 류자스의 마력으로, 닿은 자 모두의 목숨을 빼앗는 죽음의 팔로 변했다.

이 방에 있는 모든 이의 목숨을 빼앗으려 한다, 이오리는 간파했다.

엘피스자크마저도 노린다고.

"이것을, 넘어봐라아아아아아아——!!"

죽음의 팔이 다섯 손가락을 펼치며 이오리에게 다가갔다.

이만한 마력은 스펠 디바우어로는 모두 빼앗을 수 없었다.

일 아타락시아도 임팩트 미러도 대처할 수 없으리라.

"……나는 이제, 영웅도 용사도 아니야."

류자스의 말에 이오리가 조용히 중얼거렸다.

모든 것에 실망했을 때, 용사를 그만두었으니까.

전직 마왕과 손을 잡고 모든 것에 복수하겠노라 맹세했으니까.

"……그래도, 네놈을 죽이기 위해."

시야 구석으로, 이오리는 엘피스자크를 포착했다.

"……저 녀석을 구하기 위해, 나는 이 힘을 쓰겠어."

다가오는 죽음의 팔을 향해 오른손을 내질렀다.

"————."

칠흑의 빛이 손바닥에서 넘쳐흘렀다.

마치 검은 구멍처럼 빛은 작은 소용돌이를 형성했다.

그 소용돌이는 이 방에 떠도는 모든 마력을 강제적으로 흡수했다.

그것은 일찍이 영웅 아마츠가 마왕 오르테기어를 죽이기 위해서 고안해낸 마법.

마력을 흡수하는 마법을 발전시켜 만들어낸, 아마츠가 자랑하는 최대 마법.

심상 마법을 사용해도 이것까지는 재현할 수 없었던 기술이었다.

그 이름을, 이오리는 입에 담았다.

"——'이클립스'."

마력을 흡수하여 부풀어 오른 소용돌이가 응축되듯 점점 작아졌다.

그 직후, 작은 구체가 된 소용돌이가 품고 있던 마력을 급격하게 방출했다.

마력을 빼앗기고도 계속 움직이는 죽음의 팔을 향해, 칠흑의 빛이 화살처럼 날아갔다.

발사된 칠흑의 격류가 죽음의 팔에 격돌했다. 공간이 일그러지고 폭풍처럼 마력이 휘몰아쳤다.

삼십 년 전, 오르테기어에게 큰 타격을 준 영웅의 일격.

그것은 죽음의 팔을 집어삼키고 모조리 먹어치웠다.

그대로 그 너머의 류자스에게 돌진했다.

"______."

다가오는 섬광에 류자스는 손쓸 도리가 없었다. 더는 아무것도 할 수 없었다.

남은 것은 당장에라도 미쳐버릴 것 같을 만큼 온몸을 괴롭히는 격통.

그리고 자신의 인생에 대한 절망뿐.

오십여 년의 인생에서, 결국 류자스는 그 무엇도 이루지 못했다.

오욕으로 점철된, 무엇 하나 보답받지 못한 헛된 시간.

쓰레기에게는 걸맞은 말로였다.

"……미안해, 사샤."

눈앞으로 들이닥친 빛을 앞에 두고 류자스는 중얼거렸다.

"약속…… 아무것도, 지키지 못했어."

사샤가 졸라서 몇 번이나 읽은 그림책을 떠올렸다.

한 청년이 많은 사람의 도움을 받으며 마왕을 쓰러뜨리고 영웅이 되는 이야기.

청년이 모두가 행복하게 살 수 있는 세계를 만드는 동화.

그 청년처럼 행복하게 살 수 있는 세계를 만들겠다고 맹세했는데.

동생을 잃은 뒤, 삶의 보람을 영웅이 되는 것에서 찾고 끝내는 복수하는 것에만 집착했다.

자신의 증오에 매달려서 사샤의 소원과는 동떨어진 짓을 너무나도 되풀이했다.

정말로, 구제할 길이 없었다.

사샤와 나는 약속을 무엇 하나 지키지 못했다.

――이 어찌나 어리석고, 시시한가.

그렇게 자조하는 미소를 띠었을 때였다.

『고마워……. 계속…… 지켜줘서.』

문득 사샤의 마지막 말을 떠올렸다.

『오빠랑…… 같이 있을 수 있어서…… 정말, 행복했어.』

그때.

류자스의 머리를 쓰다듬으며, 자애로운 말투로 사샤는 말했다.

『오빠는, 있지――――.』

귓가에 닿지 않았던, 마지막 그 말.

이제 와서 류자스는 간신히 이해했다.

『――나의, 영웅이었어.』

그때, 사샤는 이렇게 말했노라고.

"……허."

류자스는 빛 속에서 웃었다.

"……그런가."

눈물을 흘리고, 동생의 환상을 그 눈에 드리우며.

"……사샤. 나는, 처음부터——."

그리하여——.

류자스는 빛에 삼켜지고, 사라졌다.

제13화 『실추』

이클립스의 섬광이 류자스를 집어삼켰다.

그럼에도 멈추지 않고, 미궁 벽을 박살 내고 간신히 소멸되었다.

마력을 모두 짜낸 감각에 나는 무릎을 꿇었다.

심상 마법이, 서서히 풀렸다.

“허억…… 허억…….”

끝났다.

해냈다. 죽였다고.

디오니스에 이어서 두 번째 파티 멤버였다.

물에 빠뜨리고, 온몸을 불태우고, 독을 먹이고, 몇 번이고 검으로 베었다.

나와 싸울 때마다 사용한 마법으로 그 녀석은 지옥 같은 고통을 계속 맛보았을 테지.

분수에 맞지 않는 마법 구사로, 내가 물러났을지라도 그리 오래 가지는 않았을 것이다.

그래도.

“내가, 죽였어.”

그 녀석이 준비한 모든 것을 박살 내고, 죽였다.

무엇 하나, 그 녀석은 목적을 이루지 못했다.

전부, 모두, 모조리 박살 냈다.

“크…… 크크.”

——네놈, 정말로 쓰레기구나.

"……후후."

——그런 것도 못 하는 거냐.

"하하하."

——정말이지, 어쩔 수 없네.

"하하하하."

——내가 힘을 빌려줄게.

영웅을 동경하던 그 녀석을, 영웅의 힘으로.

이런 아이러니도, 좀처럼 없겠지.

"아하하하하핫!!"

통쾌하다. 최고의 기분이다.

이렇게나 유쾌한 기분을 느끼는 것은 얼마만일까.

참을 수 없이 즐겁다.

그게 말이지, 나는.

"하, 하하하……."

이렇게나, 웃고, 있으니까.

"하……하."

남을 속이고, 이용하고, 배신하고, 죽이고.

난폭하고, 차갑고, 쓰레기 같은 남자였다.

영웅이 되고 싶다는 명예만을 위해서 나를 배신했다.

그렇게 생각했다. 실제로 그랬다.

여행 도중에 이따금 입에 담던 『여동생』의 존재도 모두 거짓말이라고 생각했다.

내 동정을 사서 이용해먹기 쉽게 만들려는.

진실은 모른다.

정말로, 어리숙한 나를 이용해먹기 위한 이야기였을지도 모른다.

저 녀석의 복수는 자기 멋대로 품은 원한에 불과했다.

멋대로 기대하고, 멋대로 원망하고, 멋대로 동생의 죽음에 대한 책임을 떠넘기고.

민폐……로 그치지 않는다. 최악이다.

마왕성에서 나를 배신한 이유.

그것은 베르트거나 올리비아나 디오니스와는, 전혀 다른 것이었다. 그저 욕망으로 점철되어 있던 그 녀석들과는.

하지만 어떤 이유가 있을지라도, 내가 살해당했다는 사실은 변하지 않는다.

복수에 타협 따윈 없다.

그러니까 죽였다.

그것으로 끝이다.

끝일 터이다.

“이오리.”

엘피의 말에 정신을 차렸다.

류자스에게 당한 상처는 대부분 회복된 듯했다.

어느샌가 엘피가 바로 옆까지 와 있었다.

“……이제 괜찮나?”

“그래. 서서 움직일 수 있게 되었어. 나는 문제없어.”

날아간 부분은 이미 치료되고 있었다.
아직 시력이 돌아오지는 않았는지 한쪽 눈만 계속 감고 있었지만.
그것도 금세 치료되는 듯했다.
"그런가. 그럼 네 몸을 찾자."
"이오리."
"서둘러서 일을 마쳐야지. 너무 오래 머무르면……."
"——이오리."
조용하지만 무시할 수 없는 음성이었다.
"앉아. 잠깐 쉬자고."
"……아직 몸 상태가 좋지는 않나?"
"내가 아니야. 쉬는 건 너야."
……나?
"온천 도시에서, 그 웨어울프를 죽였을 때랑 똑같아."
엘피가 뺨에 손을 댔다.
"……지금 지독한 표정이라고."
"…………그런가."
……아아, 그렇구나.
그런 표정을, 하고 있을지도 모르겠다.
"저 마법사를 신경 쓰는 건가?"
어깨에 손을 얹고 엘피는 나를 바닥에 앉혔다.
그리고는 조용히 물었다.
"후회는, 한 조각도 없어."

"…………."

"어떤 사정이든, 저 녀석이 나를 배신했다는 사실은 변하지 않아. 무슨 소리를 하더라도 나는 절대 저 녀석을 용서할 수 없었어."

무슨 일이 있든 나는 저 녀석에게 복수해야만 했다.

그것은 틀림없다.

"……하지만 아주 조금, 생각했어. 혹시 내가 저 녀석의 동생을 구할 수 있었더라면."

혹시라도 내가 류자스의 애원에 귀를 기울였다면.

내가 조금 더 빨리 싸우겠다는 마음을 먹었다면.

그런 결말이 되지는 않았을지도 모른다고.

"——자만하는구나, 이오리."

온화한 말투 그대로, 엘피는 단호하게 그리 말했다.

뇌리에 떠오르던 광경이 그 말에 산산이 흩어졌다.

"너는 만능이 아니야. 나도 그래. 누구라도 손이 닿지 않는 일은 있어. 그것에 책임을 느끼는 건 오만이겠지."

"……나는."

그 다음의 말이, 입에서 나오지 않았다.

한쪽뿐인 금빛 눈동자가 꿰뚫어 보듯 나를 보고 있었다.

"삼십 년 전의 네게는 지금처럼 싸울 수 있는 힘은 없었어. 본 적 없는 세계로 소환되어 혼란스럽기도 했을 테지. 그 사실에 너를 책망할 수 있는 사람은 없어. 이오리는 무엇 하나 잘못하지 않았으니까."

"……알고 있어."
그때의 내게는 누군가를 구할 여유 따윈 없었다.
설령 싸웠을지라도 맥없이 죽었을 테지.
류자스의 외침은 그야말로 말도 안 되는 원한이었다.
그런 끝에 살해당한 내가 고민할 일 따윈, 아무것도 없었다.
"……알고 있어."
그래도 말로 할 수 없는 무언가가 있다.
이제까지의 녀석들은 다들 자신의 욕망만을 위해서 나를 배신했다.
저 녀석은, 류자스는 조금 달랐던 것이다.
류자스는 내게 복수하려했고.
……나는 저 녀석의 동생을 죽게 내버려 두었고.
"그건 죄책감인가?"
조용히 엘피가 물었다.
정말로 꿰뚫어 보는 것 같았다.
"……그런 거, 몰라."
엘피의 물음에 이번에는 대답할 수 없었다.
이 감정이 무엇인지 스스로도 알 수 없었다.
"……누구에게든, 할 수 없는 일은 있어. 그건 언제라도 변하지 않아. 그 남자의 동생과 관련해서, 이오리에게 책임은 없어."
내게서 대답이 없자 엘피는 말을 거듭했다.

"……하지만."

석연치 않은 감정으로, 반사적으로 무언가를 입에 담으려하고,

"__________."

엘피가 머리에 손을 툭 얹었다.

다정하게, 온화하게 손가락을 움직였다.

쓰다듬고 있다……는 사실을 깨달은 것은, 잠시 시간이 지난 다음이었다.

"……이오리는 다정하구나."

"!"

"그런 너니까…… 나는 아직, 이렇게 너와 손을 잡을 수 있어."

그렇게 말한 전직 마왕은 자애로운 표정이었다.

그 말에, 그 표정에 무심코 숨을 삼켰다.

"신경 쓰는 건 됐어. 하지만 잊지 마."

익숙한 얼굴에 익숙하지 않은 표정을 띠고,

"——너는, 잘못이 없어."

엘피는 그렇게 말했다.

마음속으로는 알고 있어도 납득하지 못했던 무언가를, 받아들일 수 있을 것 같았다.

……아아.

정말로, 나는 단순하다.

……나는 몇 번이나 이 녀석에게 도움을 받았을까.

"기분은 어때?"
"……이제 괜찮아."
생각하는 바가 없지는 않았다.
유쾌한 기분은 아니었다.
자신의 감정에 아직 대답은 발견하지 못했다.

——그래도, 앞으로 나아갈 수는 있다.

포션을 마셔서 부상과 마력을 회복시켰다.
컨디션은 상당히 회복되었지만 피로감만큼은 치유할 수 없었다.
얼른 용건을 마치고 물러나자.
"……이번에는 던전 코어가 없나."
안타깝지만 류자스가 써버렸다.
뭐, 심상 마법의 발동 조건을 알게 되었으니까 된 걸로 치자.
……구하고 싶다는 기분이 조건이라니, 그게 뭐냐는 생각도 없지는 않지만.
그리고 엘피와 함께 방안을 조사했다.
입구 근처에는 류자스에게 살해당한 뇌 마장군의 코어가 떨어져 있었다.

싸움의 여파로 부서져 버렸지만 혹시 몰라서 회수했다.
류자스가 가지고 있던 내 오른팔은 흔적도 없이 사라졌다.
복잡한 기분이지만, 이것으로 더 이상 그 팔을 악용하는 것은 불가능해졌다.
과거의 인연에, 또 하나 결말을 지을 수 있었다며 긍정적으로 생각하자.
"……찾았다."
갑자기 엘피가 그리 중얼거렸다.
아무것도 없는 공간으로 손을 뻗어 엘피가 손톱을 세웠다.
부서지는 소리와 함께, 보이지 않게 되어 있던 봉인이 해제되었다.
갑자기 허공에서 무언가가 툭 떨어졌다.
"내 몸이야."
그것은 검은 천으로 뒤덮인 여성의 몸통이었다.
천에서 엿보이는 피부에 팔다리처럼 검은 문장이 그려진 게 보였다.
엘피에게 들었다시피, 사지는 없이 빨간색과 흰색이 섞인 단면이 엿보였다.
깨끗한 절단면을 보고 칼날로 잘려나갔다는 사실을 알 수 있었다.
루시피나가 이렇게 했나. 이미 삼십 년 가까이 이곳에 봉인되어 있었다. 그런데도 피부에는 윤기가 있어서 피가 도는 것을 알 수 있었다.

"심장이 아니라서 아쉽네."

"……상당히 그로테스크한 그림이 될 것 같은데."

지금도 충분히 그로테스크하기는 하지만.

"으차."

그러면서 엘피는 몸통을 자신의 몸에 가져다 댔다.

분신체가 바닥으로 툭 떨어지고 대신에 진짜 몸통이 달라붙었다.

검은 천은 사라지고 몸통을 드레스가 뒤덮었다.

땅바닥에 떨어진 몸은 데굴데굴 구르다가 그대로 사라졌다.

……조금 더 그럴싸한 방법은 없나.

"흠…… 흠……."

엘피는 자신의 몸을 찰딱찰딱 만져서 상태를 확인하는 듯했다.

납득이 갔는지 잠시 후에 크게 고개를 끄덕였다.

"상태는 어때?"

"……그럭저럭이네. 몸통이 돌아와서 마력 총량은 전성기의 절반 가까이 회복되었어. 치유 속도도 조금 전까지와는 차원이 달라."

심장을 제외한 모든 신체를 회수해도 아직 절반 가까운 수준인가.

심장은 어지간히도 중요한 부분이었나 보네.

아니, 당연한 이야기지만.

"그래도 저 마법사에게 당한 대미지가 너무 커. 눈이 날아간 건 특히 아팠어."

"시력은 아직 안 돌아왔나?"

"음. 이쪽 눈만 있어서, 마안도 못 써. 하지만 몸통이 돌아온 상태라면, 앞으로 몇 시간이면 전부 회복되겠지."

정말로 마족이라는 것은 편리한 몸을 가지고 있네.

내 피로는 회복되려면 며칠은 걸릴 것 같은데.

"즈잇."

엘피의 얼렁뚱땅인 모습을 새삼스럽게 느끼는 사이, 이상한 효과음과 함께 내 얼굴을 들여다봤다.

"음, 괜찮은 표정이 됐네. 안심했어. 조금 전까지 이오리는 흠뻑 젖은 고블린 같은 표정이었으니까."

……그렇게나 지독했나?

"크흐흐."

내 속마음을 읽었는지 엘피는 짓궂은 표정으로 웃었다.

평소에는 실없이 굴면서도, 이럴 때는 뜻을 존중해주었다.

"…………."

엘피는 나라서 손을 잡을 수 있다고 말했다.

나도 그랬다.

여기까지 손을 잡을 수 있었던 것은 엘피였기 때문이었다.

……아니꼬우니까 입 밖으로 꺼내지는 않을 거지만.

천장에 뚫린 구멍과 벽에 뚫린 구멍에서 아침 햇살이 비쳐들었다.
기광 미궁은 힘을 잃어서 지금은 밝았다.
돌아갈 때는 안약을 넣지 않고 편하게 길을 갈 수 있을 듯했다.
슬슬 돌아갈까.
그렇게 말하려던 그때였다.
"이오리."
"……왜 그래?"
전투에서 풀린 은빛 머리카락이 아침 햇살을 받아 반짝반짝 빛났다.
눈이 부셔서 살짝 감으며, 어쩐지 정색을 하는 엘피의 모습에 의문을 느꼈다.
"……지금의 너라면, 틀림없이."
어쩐지 고민하는 것 같은 모습을 보이며, 엘피는 뜻을 다진 듯 입을 열었다.
"……이오리. 나는, 너와――――."
하지만 그다음 말이 이어지는 일은 없었다.
"――――윽."
"――――!"
위에서 비쳐들던 햇볕에 그늘이 졌다.
그 직후, 머리 위에서 빛나는 무언가가 쏟아졌다.
우리는 반사적으로 그 자리에서 훌쩍 물러났다.
지면으로 쏟아진 무언가는 터지는 것과 동시에 방 전체

로 확산되었다.

"'선풍(旋風)'!!"

바람으로 날려버리는 것과 동시에, 떨어진 무언가의 효과가 나타났다.

『용사의 증표』의 움직임이 둔해지고 마력 발동이 약해졌다.

얼굴을 찌푸리는 모습을 보면 엘피 역시도 똑같은 일이 벌어지는 모양이었다.

"후."

——머리 위에서 목소리가 들렸다.

"후후."

그것은 여자의 목소리였다.

다정하고 온화한, 듣는 사람의 마음을 달짝지근하게 녹이는 것 같은.

"후후후, 후, 아하하하하하하!!"

"너, 는……."

천장에 뚫린 커다란 구멍.

그곳에서 한 여성이 미궁 안을 들여다보고 있었다.

그것은 하프엘프였다.

잔뜩 삐친 금발에 온화한 인상을 느끼게 하는 은색 눈동자.

순백의 드레스를 입은 그 여자는 입가를 우아하게 가리며 우스워서 참을 수 없다는 듯 어깨를 떨고 있었다.

——루시피나 에밀리오르.

삼십 년 전, 함께 여행을 하고 나를 배신한 여자.

최후의 파티 멤버였다.

“후후후후후, 아아, 최고로 유쾌한 걸 볼 수 있었어요. 이렇게나 유쾌한 건 삼십 년 만일지도 모르겠네요.”

“루시, 피나.”

“너무도 시시한 장난이라, 후, 후후후! 그만 눈물이 나와버렸어요.”

은색 눈동자에 눈물을 글썽이며 루시피나는 쿡쿡 웃고 있었다.

삼십 년 전에 본 모습과 전혀 다르지 않았다.

온화하고, 다정하고…… 하지만 그녀의 얼굴에는 감출 수 없을 만큼 악의가 들러붙어 있었다.

“그때, 마왕성에서 류자스 씨를 보내준 게 정답이었네요. 전부터 바보 같은 사람이라고는 생각했지만, 후후후, 이 정도일 줄은 몰랐어요. 영웅? 풉…… 류자스 씨 같이 멍청하고, 유치하고, 꼴사납고, 한심한 인간은 처음부터 가능할 리가 없는데. 정말로 웃어버렸어요.”

아무래도 위쪽 구멍에서 우리의 대화를 훔쳐 들었나.

전혀 알아차리지 못했다.

“후후후후, 후후훗!”

우리를 내려다보며 루시피나는 눈물이 흐를 만큼 웃었다.

이 녀석의 목소리가, 이 녀석의 말이 이렇게까지 거슬리는 것은 처음이었다.

더할 나위 없이 불쾌했다.

"있죠, 아마츠 씨. 그렇게 생각하지 않나요? 류자스 씨도 참——."

"닥쳐."

고개를 갸웃거리며 묻는 루시피나를 향해 '파이어 불릿'을 날렸다.

격렬하게 발사된 불꽃은 루시피나에게 닿기 전에 사라졌다.

어느샌가 그녀가 꺼낸 한 자루 대검 때문에.

"류자스 씨와의 대화를 듣기로는…… 당신, 정말로 아마츠 씨로군요. 놀랐어요, 살아있었다니. ……제대로 죽였을 텐데."

루시피나의 얼굴에서 비웃음이 사라지고 모멸하는 듯한 표정으로 바뀌었다.

그것은 살의와 악의, 그리고 어렴풋한 노기가 드리운 말투였다.

"오랜만이네, 루시피나."

"삼십 년 만이네요. 용사라고 들었을 때는 어떤 사람일지 기대했는데…… 설마 또 당신일 줄은 몰랐어요."

"그게 말이지, 죽어도 완전히 죽을 수가 없더라고. 너희한테 복수를 하러 돌아왔어."

루시피나가 눈을 가늘게 뜨고 비웃듯이 입가를 일그러

뜨렸다.

“뭐, 확실히 그렇게 죽어서야 제대로 죽을 수가 없겠죠. 지금도 떠오르네요. 죽기 직전, 당신의 얼굴은. 후후, 정말로 우스웠어요.”

쿡쿡, 루시피나의 미소가 미궁에 메아리쳤다.

“그건 그렇고…….”

흘끗, 루시피나가 엘피에게 시선을 향했다.

엘피는 한쪽 눈으로 루시피나를 노려봤다.

“……너무하네요, 아마츠 씨. 그렇게나 저랑 사이좋게 지냈는데, 고작 삼십 년 만에 또 다른 여자를 찾아냈나요……? 저, 울음이 터질 것 같아요.”

루시피나는 눈가에 손을 대고 눈물을 닦아내는 시늉을 했다.

입가는 악의로 잔뜩 일그러져 있었다.

“『둘만 있을 때는 이오리라고 불러줘』라니, 그렇게나 귀여운 소리를 해주더니!”

헛소리를 늘어놓으며 루시피나는 가슴에 손을 대고, 마치 비극의 히로인을 연기하듯 빙글빙글 돌렸다.

드레스를 흔들면서 펼치는 그 연기 같은 태도에,

“불쾌하다, 하프엘프.”

내가 움직이기도 전에 엘피가 마안을 발동했다.

루시피나는 대검을 휘둘러 회신폭을 정면에서 가뿐히 절단했다.

한쪽 눈을 쓸 수 없다 보니 역시나 마안의 위력은 저하되어버리는 듯했다.

"……싫어라, 엘피스자크 씨. 질투인가요?"

"너는 그렇게 헛소리를 꺼내려고 여기까지 왔나? 그렇다면 이제 충분하겠지. 즐겁게 만들어준 포상으로, 네 사지를 잘라주겠다."

"……재미없는 사람이네요."

루시피나가 또다시 내 쪽으로 시선을 향했다.

"이런 사람이 대체 어디가 좋은 건가요, 『이오리』 씨?"

"……그게 네 본성인가."

내 신경을 하나하나 거슬러댔다.

구역질이 나올 만큼 불쾌했다.

"글쎄, 어떨까요. 이건 연기이고 마음속으로는, 사실은 모두가 웃으면서 지낼 수 있는 그런 행복한 세계를 만들고 싶다며 강하게 바랄지도 모른다고요?"

루시피나는 익살을 부리듯 어깨를 움츠렸다.

"……불쾌해. 이제 그만, 닥쳐."

류자스와의 전투로 소모가 격렬했다.

평소와 달리 한순간만 심상 마법을 발동하는 것은 어려울 듯했다.

제대로 발동하려면 조건을 갖추어야만 하겠지.

엘피의 부상도 모두 치료되지는 않았다.

무언가 방안을 생각할 필요가 있었다.

"저도 불쾌해요. 궁정 어릿광대인 류자스 씨의 희극은 즐거웠지만 아마츠 씨가 살아있던 건 최악이었어요."

루시피나가 대검을 들어올렸다.

그것은 보라색으로 빛나는 불가사의한 형상의 검이었다.

삼십 년 전에 그녀가 사용하던, 선택받은 자만이 다룰 수 있는 마검――『천리검(天理劍)』.

"……불쾌해서 참을 수 없으니까."

……뭐지?

루시피나의 태도에서 어딘가 위화감이 느껴졌다.

마치 무언가를 서두르는 것 같은데――.

"――다시 한번, 죽어주세요."

『천리검』은 사용자의 마력을 순간적으로 몇 배나 증폭시킨다.

자신의 마력을 상승시키고, 루시피나가 그것을 참격으로 펼치고자 대검을 들어 올렸다.

당연히 그런 것을 쏘게 둘 수는 없었다.

"――'스펠 디바우어'."

"――'마안 회신폭'."

그보다도 빨리 나와 엘피의 마력이 작렬했다.

스펠 디바우어로 대검의 효과를 한순간 억누르고 엘피가 가감 없이 마안을 발사했다.

루시피나는 대처할 틈도 없이 폭발에 삼켜졌다.

"……웃기는 여자야."

"같이 여행하던 때는 저렇지 않았는데 말이지."

"……정말로, 제대로 여행을 할 수 있었던 건가?"

"스스로 생각해도 자신이 없어졌어."

지금 엘피의 마안은 확실하게 명중했다.

위력이 떨어진다고는 해도 저게 직격한다면 그냥 넘어가진——.

"——한눈을 팔다니, 여유롭네요."

등 뒤에서 루시피나의 목소리.

갑자기 기척이 나타났다. 그것도 **두 사람**.

"————."

루시피나의 등 뒤에 마족 하나가 서 있는 것이 보였다.

군복을 입은, 진녹색 머리카락의 여성이었다.

산양처럼 뒤틀린 뿔이 머리에 나 있었다.

마력을 최대한으로 높인『천리검』을 휘둘렀다.

"——'일 아타락시아'!!"

순간적으로 방패를 전개했다.

하지만 이런 것으로는 루시피나의 공격을 막을 수 없었다.

시간벌이에 불과했다.

"엘피, 마각으로 회피를——."

말을 건넸지만 대답은 없었다.

"어째서, 네가……."

옆에서 엘피는 말문이 막힌 채 서 있었다.

얼굴에 경악을 들러 붙이고, 크게 뜬 눈은 진녹색의 마

족을 포착하고 있었다.

"엘——."

참격이 펼쳐졌다.

일 아타락시아가 버틴 것은 불과 한순간.

그 직후, 우리는 루시피나의 참격을 고스란히 당하고 뒤로 날아갔다.

"————윽."

뒤에 있는 것은 이클립스로 뚫린 큰 구멍.

우리는 그대로 미궁 밖으로 내던져졌다.

시야 가득, 흐린 하늘이 펼쳐졌다.

그 직후, 모든 내장이 떠오르는 것 같은 부유감과 함께 지상을 향해 급격하게 낙하하기 시작했다.

"으, 아……."

그 감각에 무심코 숨을 삼켰다.

기광 미궁은 탑의 형태다.

최상부는 상당한 높이였다. 떨어지면 무사하지는 못할 것이다.

나와 마찬가지로 엘피도 지상을 향해 떨어지고 있었다.

은색 머리카락이 흔들리는 모습을 어떻게든 시야 한구석으로 포착했다.

"이오리! 손을 잡아!"

그리 외치며 엘피가 손을 뻗었다.

마각이라면 여기서 떨어져도 어떻게든 된다.

흔들리는 시야 가운데, 어떻게든 엘피의 손을 붙잡으려 하고――,

"그렇게 두진 않는다고요?"

"――!"

머리 위에서 대검이 떨어졌다.

비취의 태도로 어떻게든 막았지만 단숨에 아래로 내동댕이쳐졌다.

정신이 드니 머리 위에 루시피나와 마족의 모습이 있었다.

또다. 아무런 전조도 없이 눈앞에 나타났다.

고속이동 같은 차원이 아니었다.

"……큭."

추락하는 나를 돕고자 엘피가 마안을 발동하려고 했지만,

"……철창이여."

"뭐야."

마족이 무언가를 영창한 순간, 엘피의 몸이 검은 철창에 사로잡혔다.

무언가 매직 아이템으로 뒤덮여서 엘피의 움직임이 멈췄다.

"엘――."

"한눈파는 건 싫어요. 저를 보세요."

스펠 디바우어를 사용하려고 했지만 루시피나가 그것을 허락지 않았다.

공중에서 시야가 교차했다.

나와 마찬가지로 추락하며 루시피나가 『천리검』을 들어 올렸다.

"……아아, 역시 당신이 쳐다보니 불쾌하네요."

"더 레——."

"떨어져서, 죽으세요."

심상 마법도 때를 맞추지 못하고, 나는 참격을 당했다.

방어 태세를 취했지만 모두 막아낼 수 있을 리도 없어서, 온몸이 산산조각 나는 것 같은 충격이 덮쳤다.

시야가 흐트러지고 급격하게 추락했다.

"……엘, 피."

추락하는 가운데, 철창에 사로잡힌 엘피의 모습을 아득히 저 위로 포착했다.

엘피의 철창을 루시피나와 마족이 붙잡고 있는 모습이 보였다.

"————."

그 직후, 셋이 순식간에 시야에서 **소실**되었다.

머리 위를 찾아도 그림자조차 발견할 수 없었다.

그리고 셋이 어디로 사라졌는지, 나는 지금 신경 쓸 여유는 없었다.

손발을 움직이지도 못하고——.

나는 엄청난 기세로, 지상으로 추락했다.

제14화 『사천왕 왜곡』

이오리가 기광 미궁에서 추락하기, 조금 전.

성도 슈메르츠는 크게 소란스러웠다.

전력을 정비하고 돌입을 눈앞에 둔 기광 미궁이 누군가에게 토벌되었기 때문——이 아니라, 마왕군이 갑자기 교국에 나타났기 때문이었다.

몬스터와 마족을 합하여 군대는 일만을 넘어섰다.

정찰 부대의 보고에 따르면 사천왕 '왜곡'의 모습도 확인되었다.

무언가 매직 아이템을 사용했는지, 교국이 알아차렸을 때에는 이미 마왕군은 성도 코앞까지 들이닥친 상태였다.

이 보고를 받고 성당기사단은 신속하게 움직였다.

1번대 기사가 교주를 비롯한 교단 관계자나 주민들의 피난 유도를 개시. 동시에 1번대의 기사가 슈메르츠를 둘러싼 대성문 주위로 전개했다.

아직 3번대는 성도에 오지 않아서 도착할 때까지는 몇 시간이 필요했다.

성당기사단은 슈메르츠에서 농성전을 진행하기로 결정했다.

"……엄청난 숫자로군."

대성문에서 밖의 모습을 내려다본 기사 하나가 떨리는 목소리로 중얼거렸다.

주위에 펼쳐진 풍요로운 초원 가운데, 넘쳐날 듯한 이형들이 떠오르기 시작한 아침햇살을 받고 있었다.

익숙한 풍경을 가득 뒤덮은 지옥 같은 광경에 주위의 기사들도 그만 신음을 흘렸다.

삼십 년 전의 전쟁 이후로 마왕군은 그다지 큰 움직임을 보이지는 않았다.

토벌되었을 터인 미궁이 다시 움직이기 시작했다, 마왕성에 접근했던 군이 궤멸 당했다, 파란 머리의 귀족과 금발 하프엘프가 마을을 불태웠다──등등, 다소의 움직임은 있었지만 만을 넘는 군대가 밖으로 나오는 경우는 오랫동안 없었을 터.

"설마 오르테기어가 부활했나……? 그래서 우선 교국을 멸망시키려고 한다든지……."

"충분히 있을 수 있는 이야기로군. 얼마 전에 와이번이 공격한 건 정찰이었을지도 모르겠어."

"조지랑 마르크스 전임 대장이 실종된 것도, 마족이랑 관련이 있을지도 몰라."

"그럼 조금 전에 기광 미궁이 멈춘 건 어째서지……?"

그런 억측이 오가는 가운데,

"!"

드디어 마왕군이 움직이기 시작했다.

만을 넘는 이형이 포효를 터뜨리고 흙먼지를 피워 올리며 대성문을 향해 돌격하기 시작했다.

하늘을 날아다니는 드래곤들이 대성문 상공을 향해 날개를 퍼덕였다.

"두려워할 것 없다! 우리에게는 멜트 님의 가호가 있다!"

마왕군의 움직임에 맞추어 부대장이 소리쳤다.

"더러운 마족들을 성도로 들이지 마라! 공격 개시!!"

호령과 함께, 대성문 위에서 들이닥치는 군대를 향해 마법이 발사되었다.

마법에 삼켜져서 선두의 몬스터들이 폭발했다.

하늘에서 덮쳐드는 드래곤은 대성문 상공에 친 결계에 가로막혀 움직임을 멈춘 참에 마법에 맞아 떨어졌다.

하지만 그것만으로는 마왕군의 움직임은 멈추지 않았다.

동료의 잔해를 타고 넘어 차례차례 몬스터가 밀려들었다.

그저 우직하게 전진하는 것만이 아니라 대성문을 향해 마법을 발사하는 몬스터도 있었다.

"레지스트!"

즉각 방어 마법을 전개하여 공격을 무효화시켰다.

간발의 차이도 없이, 기사들의 마법과 화살이 또다시 몬스터에게 쏟아졌다.

"매직 아이템과 포션은 아직인가!"

"영창 완료! 언제든지 쏠 수 있습니다!"

"화살이 부족해! 당장 보급해라!"

분주히 뛰어다니며 마왕군에 맞서는 기사들.

그들의 공격으로 아직 몬스터는 한 마리도 대성문에 다

다르지 못했다.

"좋아, 할 수 있겠어."

"마왕군 놈들, 우리를 얕보지 말라고……!"

원군으로 3번대가 도착할 때까지 앞으로 몇 시간.

결코 마음을 놓을 수 있는 상황이 아니지만, 마왕군을 앞에 두고 성당기사단은 계속 싸웠다.

이대로 시간을 계속 번다면 눈앞의 마왕군을 쓰러뜨리는 것도 가능할 터.

"……아직이다."

낙관시하는 기사들을 향해 부대장이 험악하게 소리쳤다.

"상대는 몬스터만이 아니다. 그 뒤에는 강력한 마족이 기다리고 있다."

"강력한, 마족……."

"사천왕…… '왜곡'의 모습도 목격되었다. 마음을 놓지 마라."

부대장의 말에 낙관시하던 기사들이 마음을 다잡고 다시금 대처에 나섰다.

그 후로 십여 분, 부상자는 나오고 있지만 성당기사단은 대성문을 계속 지켰다.

이대로 계속 지켜낸다—— 기사들은 그렇게 맹세했지만.

"……!"

마족 하나가 몬스터에 섞여서 앞으로 나오는 모습이 보였다.

언월도를 손에 든, 푸른 머리의 남자였다.

"뭐냐……?!"

그 마족이 나온 순간부터, 펼친 공격이 엉뚱한 방향으로 빗나가기 시작했다.

화살이나 마법은 몬스터에게 맞지 않고 땅을 파낼 뿐이었다.

"건방지게. 쓸데없는 희생을 낼 바에야 단번에 끝내주지."

지루하다는 듯 중얼거리더니 마족은 대성문을 향해 똑바로 걷기 시작했다.

기사들이 집중적으로 마족을 공격했지만 모든 공격은 엉뚱한 방향으로 날아가 버렸다.

"──커다란 거, 간다고."

푸른 머리의 마족이 언월도를 들어 올렸다.

공간이 휘어지는 듯한 감각과 함께, 마족의 언월도에 마력이 집중되었다.

"경계해라! 뭔가 온다."

부대장이 경고를 발하는 것과 동시에, 마족이 언월도를 휘둘렀다.

"지금──."

대지를 도려내며 무언가가 대성문으로 다가왔다.

공격은 튕겨나가고 방어 마법은 맥없이 붕괴했다.

무언가가 대성문에 도달한 순간, 세계가 뒤집어지는 것 같은 격진이 발생했다.

"——뭘."

기사들이 상황을 이해하기도 전에,

"——한 방 더!!"

언월도를 휘둘렀다.

연속해서 압도적인 마력이 성문을 두드리고, 이윽고——,

"으아아아아앗?!"

엄청난 파괴음이 울려 퍼졌다.

위에 있던 기사를 집어삼키며 순백의 문 한편이 붕괴했다.

"말도 안 돼, 대성문이……."

문 뒤에 있던 기사들이 절망을 드리우는 것과 동시에,

"미안하네. 방해가 되어서, 날려버렸다고."

푸른 머리의 마족이 엄니를 드러내듯 날카로운 미소를 띠었다.

『그오오오오오오!!』

그리고 포효와 함께, 부서진 성문을 향해 몬스터가 밀려들기 시작했다.

"으……아."

대성문은 슈메르츠에 사는 사람들에게는 마음의 지주 중 하나였다.

기사에게도 그것은 마찬가지.

오랜 세월에 걸쳐서 슈메르츠를 지키던 대성문이 부서졌다는 사실에, 그들 가운데는 굳어버리는 기사도 있었다.

기사들이 위축되기 시작한 그 순간.

"——허둥대지 마라."

의연한 목소리가 대성문에 울려 퍼졌다.

남색 머리카락을 흩날리며, 부하들을 거느리고 기사 하나가 소리 높였다.

그곳에 있는 것은 제2번대 기사들을 통솔하는 남자.

2번대 대장 대리, 레오 윌리엄 디스플렌더였다.

"우리는 성당기사단이다. 다가오는 몬스터의 위협에 떠는 사람들을 지킬 수 있는 건 우리밖에 없다."

레오가 검을 휘둘렀다.

회오리바람이 휘몰아치고, 부서진 대성문을 지나서 밀려드는 몬스터를 집어삼켰다.

무수한 몬스터가 순식간에 갈가리 찢겨나갔다.

강력한 그 힘에 기사들이 용기를 얻었다.

"굴하지 마라. 일어서서 검을 들어라. 녀석들로부터 소중한 이들을 지켜내는 것이다!!"

"오——오오오오오오오!!"

공포를 참아내고 기사들이 일어섰다.

자신들의 사명을 가슴에 품고, 소중한 것들을 자신의 손으로 지키기 위해.

성벽이 무너진 지금, 그들에게 남겨진 수단은 하나밖에 없었다.

"전군, 돌격——!! 녀석들을 성도로 들이지 마라!!"

레오의 호령과 함께, 대기하고 있던 부대가 공격을 개시했다.
성벽 안으로 몬스터를 들이지 않고자 그들과 맞섰다.
몬스터와 기사가 정면으로 격돌했다.
"우오오오오!!"
『기이이이익.』
창으로 꿰뚫고, 마법으로 날려버리고, 검으로 갈랐다.
단련된 성당기사에게 평범한 몬스터를 쓰러뜨리는 것은 그렇게 어려운 일이 아니었다.
다만, 몇 마리라면.
"커, 억."
"갸아아아악?!"
연이어 솟아나오는 몬스터에게 미처 대처하지 못하고 희생자가 나오기 시작했다.
몬스터와 인간의 피가 뿜어 나와 초원을 붉게 물들였다.
"부상을 당한 자는 바로 물러나라!"
"하이 힐."
지원 부대가 치유 마법으로 서포트했지만 다수의 부상자에게 대처할 수는 없었다.
태세를 다시 갖출 틈도 없는 몬스터의 돌격.
조금 전까지와는 일변, 좋지 않은 상황이 이어지고 있었다.
"뭐냐?!"
그에 더하여, 멀리 우뚝 솟은 기광 미궁에서 검은 빛이 뿜어 나오는 것이 보였다.

압도적인 마력의 파동이 정지했을 터인 미궁에서 용솟음쳤다.

정신이 팔려서 부상을 당한 기사도 적지 않았다.

"……어쩔 수 없어."

전황을 보고 레오가 중얼거렸다.

미궁에서 무슨 일이 벌어지고 있는지, 레오는 어찌어찌 알 수 있었다.

지금은 눈앞의 몬스터를 우선시해야 한다.

저 마족의 압도적인 일격으로 전황은 불리한 쪽으로 크게 기울어버렸다.

전황을 정비하려면 마찬가지로 압도적인 일격을 날릴 수밖에 없었다.

"대장님, 그걸 사용할 생각이십니까?"

"그래. 내가 전황을 정비하기 위해서 시간을 만들지. 그 동안의 지휘는 맡기겠다."

"옛."

레오가 부대를 이끌고 앞으로 나왔다.

"——그 갑옷은 어떠한 공격이라도 튕겨낸다."

전장에 레오의 말이 울려 퍼졌다.

"——그 검은 어떠한 적이라도 벤다."

레오의 몸에서 마력이 넘치며 퍼져 나갔다.

"지키고 싶은 장소가 있으니까. 지키고 싶은 사람이 있으니까."

후방에서 대기하는 자, 부상을 당해서 움직이지 못하는 자.

그들의 몸을 레오의 마력이 감쌌다.

"우리는 결코 굴하지 않는다."

동시에 레오와, 그가 이끄는 기사들의 몸에 힘이 흘러들었다.

"그렇기에 우리는──."

마력, 근력, 민첩.

모든 힘을 동료들끼리 분배할 수 있는 심상 마법.

그 이름은,

"──【무적의 기사단(나이츠 오브 언라이벌드)】."

동료들로부터 얻은 힘으로, 레오와 기사들이 밀려드는 몬스터에게 공격을 날렸다.

수십 명의 힘을 하나로 묶은 그 공격은, 시야에 펼쳐진 몬스터들을 순식간에 날려버렸다. 그 틈에 기사들은 태세를 정비했다.

"그렇군. 네가 심상 마법을 사용할 수 있는 기사인가. 소문은 들었다."

"!"

문이 파괴되었을 때와 마찬가지로, 레오의 공격이 갑자기 빗나갔다.

동시에 푸른 머리의 마족이 모습을 드러냈다.

"……지키고 싶은 녀석이 있으니까, 굴하지 않는다. 좋은 말이잖아."

"……네놈은."

한층 더 경계하는 레오를 향해, 그 마족은 기분 좋게 웃었다.

"——마왕군 사천왕 '왜곡' 볼크 그란베리아다."

"……! 성당기사단 2번대 대장 대리. 레오 윌리엄 디스플렌더."

사천왕을 자칭한 마족을 상대로 눈을 가늘게 뜨며, 레오도 드높이 자신의 이름을 댔다.

왜곡—— 볼크는 그런 레오의 태도에 만족스레 고개를 끄덕이더니 언월도를 들었다.

"그럼 곧바로…… 그러고 싶은 참이지만."

"……뭐냐?"

"너, 용사와 전직 마왕을 모르나? 그 녀석들을 내놓으면 물러나 주지."

"무슨 소리를……."

볼크의 말에 레오는 미간을 찌푸렸지만, 금세 퍼뜩 깨달았다.

용사와 전직 마왕——그 말에 짚이는 바가 있었으니까.

영문 모를 조합이지만 뇌리에는 그 두 사람이 떠올랐다.

"뭔가 알고 있는 것 같군. 그 두 사람을 데려와라. 너희는 살려주지."

"——거절한다."

볼크의 말을 레오는 단칼에 거절했다.

자신과 키리에, 두 사람을 구해준 은인을 팔아넘기다니 말도 안 된다.

애당초 마족의 감언이설에 따르다니 언어도단.

레오의 즉답에 볼크는 어이없다는 표정을 띠었지만, 금세 히죽 미소를 띠었다.

제안을 거절당했는데도 이상하게 기뻐하는 표정이었다.

"마음에 들었다고, 너. 누군가를 팔아넘기고 자기만 살려고 하는 녀석보다 훨씬 나아."

하지만——, 그러면서 볼크는 표정을 날카롭게 다잡았다.

"나도 일이라서 말이야. 내놓지 않겠다면, 네놈을 쓰러뜨리고 가야겠다."

"준비해라!"

볼크가 언월도를 들어 올리자 레오와 기사들이 마력을 끌어올렸다.

상대는 사천왕, 여기서 쓰러뜨릴 수 있다면 전황은 크게 바뀐다.

앞으로…… 인간과 마족의 전쟁에도 큰 영향을 미칠 것이다.

"——간다."

◆ ◆ ◆

마력이 터지고 대기가 일그러졌다.

레오와 볼크의 전투는 지극히 치열했다.

앞으로 내디디며 기사검을 휘두른 레오의 참격을, 볼크는 언월도를 교묘하게 움직여서 받아넘겼다.

인간보다 훨씬 높은 신체 능력을 지닌 마족이라는 사실을 생각해도 볼크의 언월도 솜씨는 탁월했다.

몇 명의 힘을 한데 묶은 기사가 볼크에게 한 번의 공격밖에 가하지 못했다.

"핫하!"

"훗!!"

하지만 레오의 기량은 볼크에게 뒤지지 않았다.

언월도보다 짧은 간격을 몸놀림과 칼놀림으로 메우고 날카로운 일격을 펼쳤다.

레오의 기량에 다른 기사의 힘이 추가된 공격.

——그럼에도 볼크에게는 닿지 않았다.

칼날이 볼크에게 닿기 직전, 공격이 빗나가버리는 것이었다.

문 위에서 발사한 마법이 빗나간 것과 같은 현상.

공간을 왜곡시키는 마법이라니, 레오는 견문이 적어 알지 못했다.

"……윽."

정체불명의 능력에 레오가 거리를 벌리고자 스텝을 밟았다.

"보낼 것 같으냐!"

볼크는 힘껏 내디디며 레오에게 따라붙었다.

비스듬히 휘두른 언월도를 레오는 몸놀림으로 회피했다.

하지만,

"으랴!"

"?!"

언월도가 맥없이 구부러지는가 싶더니 궤도가 변화했다.

회피했을 터인 공격이 레오의 어깨를 베었다.

"대장님!"

"……괜찮다!"

부하를 뒤로 물리고, 사납게 웃는 볼크를 노려봤다.

"자, 왜 그러느냐! 기사의 힘은 고작 그따위인가!"

"……얕보지 말라고."

그러면서 레오가 앞으로 내디디려고 했을 때였다.

"?!"

"……뭐냐?"

갑자기 저 멀리 마왕군 후방에서 폭발이 일어났다.

멀기는 하지만 홍련의 폭염이 연속해서 번쩍이는 것이 보였다.

'후방에서 누군가가 몬스터와 싸우고 있어……? 3번대인가? 아니…….'

생각에 잠긴 레오와 마찬가지로 볼크도 후방으로 의아해하는 시선을 보냈다.

그런 그의 곁으로 마족 하나가 달려와서 무언가를 전했다.

"……루시피나 쪽에서? 칫, 연락이 늦잖아."

볼크가 무언가 짜증이 나는 듯 혀를 찼다.

레오에게는 마족의 이야기가 들리지는 않았다.

'……하지만, 지금이야.'

볼크가 마족과 대화를 나누는 사이에, 레오는 부상당한 동료를 향해 치유 효과가 있는 매직 아이템을 사용했다.

언월도에 부상을 당한 몸이 순식간에 치료되었다.

"……뭐, 됐다. 이쪽 결판만큼은 내자고."

"……!"

볼크가 시선을 이쪽으로 향하고 맹렬하게 돌진했다.

그 속도에 레오는 허를 찔렸지만 어떻게든 그 공격에 대응했다.

"성당기사의 대장이라면, 살려뒀다가는 동료를 얼마나 죽여댈지 모르니까. 대장 가운데는 '인류 최강'이라고 불리는 괴물도 있다지?"

"윽."

"미안하지만 아군을 위해서, 너는 여기서 죽어야겠어."

볼크의 힘에 레오는 튕겨 나갔다.

신발 밑창이 닳을 정도로 어떻게든 기세를 죽였다.

멈췄을 무렵에는 이미 눈앞에 볼크의 모습이 있었다.

마법을 발사해도 여전히 볼크에게는 명중하지 않았다.

"……이런 곳에서 죽을 수는 없다!"

등 뒤에 있는 모든 기사의 힘을 자신에게 집중시켰다.

접근하는 볼크를 향해 레오는 가진 모든 힘을 실은 공격을 날렸다.

거대한 참격이 대지를 깎아내며 볼크에게 들이닥쳤다.

"——윽!!"

그 일격은 빗나가지 않았다.

볼크는 눈을 부릅뜨고 언월도를 상단에서 아래로 휘둘렀다.

마력이 격돌하고 충격이 초원을 뒤흔들었다.

"으으으으랴아아아아아아앗!!"

땅을 뒤흔드는 것 같은 포효와 함께 볼크가 언월도에 힘을 실었다.

수십 미터나 뒤로 밀려나면서도 그대로 언월도를 휘둘렀다.

레오의 참격은 둘로 나뉘고 소멸되었다.

"허억…… 허억……. 아군의 힘을 자신에게 집중시켰나……."

참격을 받은 충격으로 저리는 두 팔로 시선을 떨어뜨리며 볼크는 어이없다는 듯 중얼거렸다.

"아군이 늘어나면 그만큼 강해진다, 그런 건가. ……너를 여기서 살려두면 나중에 진짜로 위험해지겠는데."

그 직후, 볼크는 단숨에 레오와의 거리를 좁혔다.
그리고 전력을 다한 언월도 일격으로 레오를 후려쳤다.
"윽."
레오는 기사검으로 방어했지만 위력을 미처 죽이지 못하고 튕겨나가 땅바닥을 굴렀다.
"……끝이로군."
그러면서 볼크가 다가왔다.
주위의 기사들이 달려왔지만 때를 맞출 수는 없었다.
"……나쁘게 생각하지 마라. 너는 여기까지다."
"키리에……! 나는, 이런 곳에서 죽을 수는……!"
"잘 가라."
더더욱 발버둥치려는 레오에게 볼크는 경의를 표하듯 눈인사를 하고는 언월도를 들고――,
"……뭐지?"
휘두르기 전에 하늘을 보고 움직임을 멈췄다.
아침 해가 떠오른 하늘, 기광 미궁 바로 위를 무언가 검은 물체가 고속으로 비행하고 있었다.
두 장의 날개를 퍼덕이고 있으니 드래곤이 틀림없었다.
하지만 그 종족이 문제였다.
칠흑의 비늘로 뒤덮인, 통상 개체를 아득히 웃도는 체구를 지닌 드래곤.
비행하던 것은 '커스 드래곤'이었다.
"……커스 드래곤이라니, 데려오지 않았을 텐데."

하늘을 보고 볼크가 작게 중얼거렸다.
커스 드래곤은 이쪽을 향해 엄청난 속도로 다가왔다.
"……좋지 않은 예감이 드는데. 이봐, 저 녀석을 쏴라!"
자신의 감에 따라 볼크는 그리 지시를 내렸다.
마족들이 날아오는 드래곤을 향해 대공 마법을 발사했다.
커스 드래곤은 고속으로 회피했지만 마족의 공격은 서서히 숫자가 늘어났다.
이윽고 이 이상은 나아갈 수 없다고 판단했는지 커스 드래곤은 진행을 정지했다.
그 직후.
"……어어?"
커스 드래곤의 등에서 무언가 검은 물체가 낙하하는 것이 보였다.
그것은 급속히 낙하하여 몬스터가 북적대는 초원으로 착지했다.
충격으로 지면이 박살 나고 바로 밑에 있던 몬스터가 날아갔다.
"……한눈을 팔다니, 여유로우시군!"
"……윽."
커스 드래곤에게 정신이 팔려 있던 볼크에게 레오의 칼날이 들이닥쳤다.
순간적으로 언월도로 받아내고, 볼크는 그 기세를 이용하여 레오에게서 거리를 벌렸다.

이 틈에 기사들이 레오 주위로 모여들었다.

부상을 당한 레오를 치유 마법으로 치료하고 부축하며 후퇴하기 시작했다.

"놓칠까 보냐."

끝을 내고자 볼크가 마법을 날리려고 했을 때.

"————."

커다란 폭발이 일어났다.

그것은 조금 전 무언가가 낙하한 지점이었다.

몬스터들의 단말마가 들렸다.

"루시피나, 레피제. 그 녀석들, 설마……."

눈이 부시는 빛과 함께 무언가가 움직이기 시작했다.

수십수백의 몬스터를 날려버리며 섬광이 전장을 내달렸다.

거대한 마족도 강력한 마족도, 섬광은 구별 없이 없애버렸다.

그리고,

"실수를 저질렀나……!"

오 미터 정도는 되는 오거가 둘로 쪼개지고 한 남자가 모습을 드러냈다.

그것은 붉은 마력복을 걸친 흑발의 소년이었다.

연령은 열여섯 전후로 용모에는 아직 어린 티가 남아 있었다.

자신의 피인지 몬스터의 피인지, 온몸에 흠뻑 피가 들러

붙어 있었다.

소년의 몸에서 용솟음치는 마력에 대지가 뒤흔들렸다.

"……어디에 있지."

비취색 검을 한손에 들고 소년은 낮은 목소리로 말했다.

"엘피는…… 엘피스자크는, 어디에 있지."

"――――읏."

피에 젖은 머리카락 사이로 엿보이는 검은 눈에 볼크는 그만 숨을 삼켰다.

그곳에 드리운 것은, 모든 것을 집어삼킬 것 같은 분노의 기색이었으니까.

도저히 열여섯 언저리의 소년이 드러낼 수 있는 표정이 아니었다.

『우오오오오!!』

소년의 등 뒤에서 오거가 기습을 가했다.

거대한 곤봉을 위에서 아래로 휘둘렀다.

그 직후, 그 곤봉과 함께 오거는 이 세상에서 흔적도 없이 사라졌다.

소년은 칼도 휘두르지도 않고 맞서서 오거를 일격에 날려버린 것이었다.

"역시, 살아있었나……!"

후퇴하며 레오는 소년의 모습을 보고 안도했다.

두 사람이 그리 간단히 당할 리가 없는 것이었다.

'하지만…… 저건.'

동시에 이제까지 본 그와는 전혀 다른 분위기에 숨을 삼켰다.

지금 그는 지난번에 만났을 때와는 몰라볼 정도의 살기를 흩뿌리고 있었다.

"대답해라. 엘피스자크는 어디에 있지."

"……그렇군. 네가 이번 세대의 용사인가. 대단한 기백 아닌가."

대답하지 않는 볼크를 상대로 소년은 다시 물었다.

"다음은 없다. 엘피스자크는 어디에 있지."

"싫지는 않다고. 동료를 위해서 분노하는 그 자세. 동족을 죽이고 실실 웃어대는 저 녀석들보다 훨씬 호감이 가네."

다음 순간, 참격이 볼크를 덮쳤다.

하지만 명중하기 직전에 참격은 빗나가며 엉뚱한 방향으로 날아가 버렸다.

소년은 계속 침묵하며, 날아간 참격을 흘끗 봤다.

"『구부러져도 꺾이지 않는다』라는 게 내 신조거든. 굴복하지는 않겠지만 상황에는 유연하게 대응한다는 의미야."

"…………."

"내가 그 엘피스자크가 있는 장소를 말하고 싶어지도록, 굴복시켜봐."

볼크가 히죽 웃음을 띠는 것과 동시에.

소년── 이오리가 엄청난 기세로 덤벼들었다.

제15화『끝나는 전장』

——전장에서 인간도 마족도 시간이 멈춘 것처럼 굳어 있었다.

한순간 전까지 마법이 휘몰아치고 칼날이 교차하고 피가 마구 흩날리던 전장.

그러나 지금은 양상이 크게 바뀌었다.

전장 최전선에서는 국지적인 폭풍이 발생한 것처럼 파괴가 흩날렸다.

『우오오오오오!!』

지능이 없는 몬스터가 폭풍에 맞서려다가 순식간에 피보라로 변했다.

우두커니 서 있던 몬스터가 파괴의 여파로 박살났다.

사람도 마족도, 그 폭풍에 삼켜지지 않도록 도망쳐서는 재해 같은 전투를 멍하니 바라봤다.

"으랴으랴으랴으랴으랴——앗!!"

폭풍 중앙에서 볼크가 포효했다.

양손으로 붙잡은 언월도를 몸의 일부처럼 자유자재로 다루고, 마력을 실은 칼날을 휘둘렀다.

"…………."

피에 젖은 흑발을 흔들며 이오리는 그 참격을『비취의 태도』로 받아넘겼다.

튕겨나간 참격이 후방으로 흐르고, 상황을 보던 몬스터

가 말려들었다.

드래곤의 견고한 비늘조차 부수는 볼크의 강력한 검은 이오리의 유검으로 미끄러지며 아직 스치지도 않았다.

"———."

언월도 공격을 받아넘긴 이오리가 볼크에게 반격기를 펼쳤다.

호흡 사이를 누비는 것 같은 정밀한 일격.

압도적인 검의 속도에 볼크가 눈을 부라리는 것과 동시에, 이오리는 검을 마저 휘둘렀다.

"으차. ……위험하네."

땀을 흘리면서도 볼크는 씨익 입가를 일그러뜨렸다.

확실하게 볼트를 베어냈을 터인 칼날은 또다시 허공을 갈랐다.

볼크는 아직 아무 상처도 없었다.

"…………."

휘두른 칼날이 갑자기 다른 방향으로 향하는 것 같은 기묘한 감각에 이오리가 눈을 가늘게 떴다.

즉각 동시에 한 손으로 파이어볼을 만들어내어 발사했지만, 역시나 파이어볼은 볼크에게 맞지 않았다.

"으랴아!!"

상하좌우, 모든 방향에서 언월도 칼날이 이오리에게 들이닥쳤다.

공격 하나하나가 인체를 산산이 부수고도 남는, 괴물 같은 볼크의 참격이지만 이오리는 정면으로 그것을 튕겨냈다.

칼날이 오갈 때마다 전장이 뒤흔들리고 지면에 금이 갔다.

"뭐야…… 저거."

"사천왕과 싸우고 있는 건, 정말로 인간인가……?"

"1번대 대장 클래스 아냐?"

너무도 월등한 이오리의 움직임에, 전황을 지켜보는 기사들은 무심코 그리 중얼거렸다.

그것도, 무리도 아닐 것이다.

이오리의 일격에 수십의 몬스터가 말려들어 날아가고 있으니까.

"저 녀석, 사천왕을 밀어붙이잖아……."

기사들의 시선 앞, 이오리와 대결을 펼치는 볼크가 힘으로 밀려 몇 미터나 뒤로 후퇴했다.

"크……오오. 이것 참…… 이게 무슨 힘이냐고, 너."

즉각 반전하여 볼크가 반격에 나섰다.

공격의 궤도를 깨닫지 못하도록 빙글빙글 언월도를 회전시키며 왼쪽 비스듬히 일격.

안색 하나 변하지 않고, 이오리는 공격의 궤도를 읽고 대처에 나섰다.

"――――."

그 순간, 언월도의 궤도가 출렁 일그러졌다.

왼쪽 비스듬한 방향에서 가로베기로 공격이 변화했다.

이오리는 엄청난 도약력을 이용하여 후방으로 물러나

서, 말도 안 되는 궤도에서 날아든 공격을 회피했다.

"……그렇군."

착지와 동시에 덤벼든 몬스터에게는 시선도 주지 않고 소멸시키며 이오리는 조용히 입을 열었다.

"네 그건 심상 마법인가."

"허. ……정답."

이오리가 능력을 알아맞히자 볼그는 기분 좋게 휘파람을 불었다.

"구부러져도 꺾이지 않는다——라는 게, 그대로 내 심상인 모양이거든. 구불구불, 공간을 구부릴 수 있다는 거지."

심상 마법은 그 인간이 지닌 마음을 형태로 만든 마법이다.

볼크의 경우, 그것이 '왜곡'이라는 형태로 나타나는 것이었다.

어떤 무거운 공격일지라도 궤도를 구부려서 빗나가게 만든다.

이제까지 공격이 맞지 않았던 것은 심상 마법의 힘에 따른 바였다.

"……그래서. 방법을 알아냈다고 해서, 뭘 어떻게 할 생각이야?"

자신의 심상에 볼크는 절대적인 자신감을 가지고 있었다.

설령 정체를 간파했을지라도 이 왜곡을 부술 수는 없다.

언월도를 가지고 놀며 볼크는 여유로운 태도로 이오리

를 도발했지만――,

"――으어어?!"

그 직후, 눈앞으로 들이닥친 이오리의 칼날에 크게 몸을 젖혔다.

얼굴에 초조한 심정을 드리우며 어떻게든 칼날을 회피했다.

왜곡시켰을 터인 공간을 돌파하여 공격이 들이닥쳤기 때문이었다.

유연하게 몸을 움직여 볼크는 이오리의 추격을 아슬아슬하게 피했다.

"네 전투는 하늘에서 보고 있었다. 전투 와중에, 너는 상대의 공격을 직접 언월도로 막더군."

"뭐라고."

그 말에 볼트는 이중의 의미로 경악했다.

그런 거리에서 이쪽을 볼 수 있었다는 것.

그리고 왜곡의 약점을 간파했다는 것에.

"그래서 추측했지. 네 그 기술은 일정 이상의 위력, 혹은 마력을 가진 공격은 받아넘길 수 없는 게 아닐까."

"――."

"정답인 모양이네."

"윽."

일체의 감정을 드러내지 않고 이오리는 싸늘하게 말했다.

"그렇다면 마력을 실어서 베면 그만일 뿐이야."

그 시점부터 이오리의 공격이 격화되었다.
칼날을 뒤덮은 마력의 양이 크게 늘어나고 상하좌우 비스듬히 찌르기, 사방팔방의 온갖 방향에서 거의 동시에 공격이 날아들었다.
그 공격 하나하나에 왜곡을 돌파할 수 있을 만큼의 마력이 실려 있었다.
"진짜냐, 너."
왜곡을 깰 수 있을 만큼의 마력을 실으면 그만이다.
단순하지만 확실한 대처법이었다.
이오리가 말했다시피, 너무도 강력한 공격은 왜곡으로 받아넘길 수는 없었다.
레오가 휘두른 참격도 왜곡으로는 미처 대응할 수 없었기에 언월도로 받아냈던 것이다.
다만 볼크의 왜곡을 돌파할 수 있는 것은 화력에 특화된 상급 마법 이상의 공격뿐.
인간이 쉽사리 휘두를 수 있을 법한 위력이 아니었다.
심상 마법을 사용할 수 있는 레오조차 혼신의 일격이 아니라면 왜곡을 돌파할 수 없었다.
"아니아니아니아니아니!! 이 애송이는 뭐야?!"
온몸에서 땀이 솟구쳐 나오는 것을 느끼며 볼크는 이오리의 공격을 필사적으로 막았다.
볼크의 전투력은 왜곡에 의존하지 않는다.
혼혈이기는 하지만 마족의 피에서 비롯된 인간을 능가

하는 완력과 이제까지 쌓아 올린 탁월한 기술을 이용한 언월도 실력은 압도적이었다.

"이것이 용사……!! 진심으로 괴물 수준이잖아?!"

──그런 그로서도 이오리의 공세에 방어 일변도가 되어버렸다.

비취의 검광이 번뜩였다.

평범한 사람에게는 무수한 빛이 허공을 춤추는 것처럼 보일 뿐이리라.

그런 참격을 볼크는 필사적으로 받아냈다.

다만 이오리의 팔이 흔들릴 때마다 온몸의 살점이 조금씩 깎여나가기 시작했다.

"볼크 님을 구──."

전투의 행방을 지켜보던 마족이 몰리고 있는 볼크를 구하고자 움직이려고 했지만,

"커헉?!"

그 순간에 고깃덩어리로 변했다.

볼크를 몰아붙이면서도 이오리에게는 참격을 날릴 여유가 남아 있던 것이었다.

"엘피스자크가 있는 장소를 말해라. 방해하지 않으면 죽이지는 않겠다."

"……허. 역시 너 같은 건 취향이야."

"────."

이오리의 경고에 볼크는 도리어 사나운 미소를 띠었다.

이오리의 시야가 이제까지와는 비교도 안 될 만큼 크게 일그러졌다.

질이 다른 마력의 움직임을 경계한 이오리는 크게 뒤로 뛰었다.

"……소중한 동료를, 목숨을 걸고서라도 지키고 싶다는 거로군."

볼크가 언월도를 들었다.

"——나도 그래."

볼크 주위로 막대한 양의 마력이 집중되었다.

비틀린 이오리의 시야에서 볼크만이 정상적인 형태를 유지하고 있었다.

"————."

내지른 언월도 주위에서 마력이 고속으로 회전하기 시작했다.

그 회전은 공간을 비틀고 점차 시커먼 공간을 만들어냈다.

말려 올라간 풀이 그 공간으로 삼켜지고 흔적도 없이 소멸하는 모습이 보였다.

"——간다."

이오리는 깨달았다.

저 검은 것은 공간이 비틀려서 생겨난 허무임을.

그리고 저것이 볼크가 다다른 심상의 오의임을.

"——【구부려져도 꺾이지 않고, 나는 검을 노래한다(베인 렐름)】."

허무가 마구 뒤틀렸다.
소용돌이처럼 회전하며 창끝처럼 이오리를 향해 돌진하기 시작했다.
허무에 닿은 초원이 순식간에 깎여나가 소멸되었다.
"이런 곳에서 멈춰 있을 틈은 없다고."
짜증을 짧게 내뱉더니 이오리는 정면으로 손을 들었다.
"'일 아타락시아'."
거대한 방패가 출현하여 【베인 렐름】을 정면으로 받아냈다.
격진과 함께 충격은 대성문을 지나 슈메르츠마저도 흔들었다.
기사도 마족도 날아가지 않도록 땅바닥에 달라붙을 수밖에 없었다.
허무를 받아낸 것은, 모든 공격을 받아내고 깎아내고 봉쇄하는 방패.
위력이 죽으며 허무의 기세가 줄어들었다.
하지만 방패도 무사히 넘어가지는 않았다.
크게 금이 가고 이어서 붕괴하기 시작했다.
——이윽고.
방패가 붕괴되고 간신히 위력이 남은 허무가 그를 꿰뚫었다.
이오리가 서 있던 공간이 통째로 소멸하여 커다란 구멍이 뚫렸다.

처리했다.

볼크가 그리 생각한 것은 불과 한순간이었다.

"뭐——."

그림자가 드리워 머리 위를 올려다본 그의 시야에 이오리의 모습이 펼쳐졌다.

방패로 자신의 모습을 감추고 크게 도약하여 볼크의 눈앞까지 들이닥친 것이었다.

반사적으로, 언월도로 방어 태세를 취하는 볼크.

"——귀검 쇄충."

"윽, 가아악?!"

공격을 받아낸 순간, 볼크의 양팔이 엄청난 충격을 받았다.

볼크는 이 기술을 본 기억이 있었다.

이전에 디오니스가 사용하던 기술이었다.

그때의 경험을 바탕으로 어떻게든 충격을 죽여서 볼크는 골절을 피했지만, 마비된 팔이 언월도를 떨어뜨려 버렸다.

"……윽."

그리고 이오리가 그의 목덜미에 칼날을 들이댔다.

완전한 외통수였다.

"강하네…… 너."

절대적인 자신을 가지고 있던 비기의 일격을 상대가 회피했다는 굴욕에 이를 악물고, 볼크는 짜내듯이 찬사의 말을 보냈다.

"마지막으로 한번 더 묻겠다. 엘피스자크는 어디에 있지."

이오리의 물음에 볼크는 저도 모르게 미소를 띠고 말았다.

솔직히 대답하고 방해하지 않으면 이오리는 정말로 자신을 보내 주리라는 것을 깨달았으니까.

악귀 같은 무시무시한 표정과 언동에서 엿보이는 다정함의 갭이, 어쩐지 우스웠다.

다만 대답하지 않으면 가차 없이 목이 날아간다는 사실도 이해할 수 있었다.

다정하기는 하지만 무르지는 않다.

이 남자는 자신에게 방해가 되는 것은 가차 없이 베어버릴 수 있는 냉철함도 겸비했다.

"……내가 졌다."

이런 상황에서 『이야기할 바에야 죽겠다』라고 하는 자도 있으리라.

높은 자존심과 강한 의지를 지닌, 그것은 그것대로 훌륭한 의지라고 볼크는 생각했다.

하지만 자신은 그렇지 않았다.

꺾일――죽을 바에야, 구부러진다――이야기한다.

소중한 동료들을 지키기 위해서, 이런 곳에서 죽을 수는 없는 것이었다.

"엘피스자크는――."

전직 마왕이 있는 곳을 입에 담으려던 그때였다.

"……미안하네."

"……뭐라고?"

"——시간이 됐어."

그 직후, 오한이 이오리의 몸을 꿰뚫었다.

예감에 따라 도약한 직후, 조금 전까지 이오리가 서 있던 장소를 칼날이 꿰뚫었다.

"……지금 그걸 피했나."

"뭐, 썩어빠졌어도 용사니까요."

어느샌가 전장에 두 그림자가 나타났다.

녹색 머리카락과 뒤틀린 뿔을 지닌 마족, '소멸' 그레이시아 레바틴.

그리고 금발의 하프엘프, '천천' 루시피나 에밀리오르가.

둘 다 몸 이곳저곳에서 피를 흘리고 옷도 더러워진 상태였다.

누구와 싸운 결과로 그렇게 되었는가, 이오리는 곧바로 깨달았다.

"이봐, 그 녀석은 어쨌어!"

"쿡쿡. 그렇게나 화가 나서는, 역시 아마츠 씨는 그 사람을 좋아하는 게 아닌가요?"

"너, 는……."

짜증이 난 이오리에게, 비웃음을 드리운 루시피나가 싸늘하게 고했다.

"——죽였다고요?"

그 순간, 이오리에게서 살기가 뿜어 나왔다.

무시무시한 그 기세에, 지능이 낮은 몬스터조차 본능적인 공포를 느끼고는 그 자리에서 도주하기 시작했다.

볼크와 싸우면서도 이만한 살기를 드러내지는 않았다.

"……윽."

"————."

볼크와 그레이시아조차 너무나도 강한 살기에 숨을 삼켰다.

동요하지 않는 것은 어렴풋이 미소를 띤 루시피나뿐이었다.

"그렇게나 화내지 마세요. 괜찮아요."

"……뭐가."

"그게, 당신도 그쪽으로 갈 수 있으니까요. 엘피스자크 씨랑은 명부에서…… 아니, 아아 그랬죠! 엘피스자크 씨는 그다지도 비참하게 죽었으니까 명부에는 도저히 갈 수 없겠네요. 우훗, 미안해요."

"루시피나아아아아아아아아아아아아아!!"

맹렬한 기세로 이오리가 발을 내디딘 순간,

"——윽."

풀썩, 이오리의 몸에서 힘이 빠졌다.

심상 마법이 소멸되고 이오리가 두르고 있던 일체의 마력이 소멸되었다.

그리고 그것은 치명적인 틈이었다.

“『천리검』.”

루시피나가 보라색으로 빛나는 대검을 들어 올렸다.

마력이 증폭되고 보라색 빛이 하늘을 찔렀다.

“네놈에 대해서는 잘 모르겠지만 존재가 위험하다는 건 이해했다. 사라져라, ‘용사’. 네놈은 그분께 방해가 될 뿐이다.”

동시에 그레이시아도 팔에 마력을 집중시켰다.

찌이잉, 새된 소리가 울리고 그녀의 손안에서 마력이 지팡이 형태로 응축되었다.

“이번에야말로, 정말로 이별이네요.”

루시피나가 천리검을 휘둘렀다.

엄청난 참격이 펼쳐졌다.

“──‘춤춰라, 투쟁(레바틴)’.”

동시에 그레이시아가 마력의 지팡이를 휘둘렀다.

세계에서 소리가 사라졌다.

두 기술이 미동도 하지 않는 이오리를 집어삼켰다.

눈부신 빛이 전장을 구석구석까지 비추었다.

“────.”

빛이 사라졌을 때, 그곳에 있던 이오리의 몸은 원형을 유지하고 있지 않았다.

간신히 남은 살점이 무참히 초원을 굴러다녔다.

“이번에야말로, 확실하게 끝이네.”

이오리의 살점을 확인하고 그레이시아가 중얼거렸다.

그런 거리에서 피할 방법은 없고, 이 살점에서 느껴지는 마력의 잔재도 이오리의 것이었다.

틀림없이 그 남자는 죽었다.

"후후. 가르쳐줄 걸 그랬어요. 끈질긴 남자는 싫어한다고."

굴러다니는 살점을 꾹꾹 짓밟으며 루시피나는 웃었다.

"끈질기지 않아도, 계속 싫어했지만요. 세계 평화 같은 지루한 이상을 진심으로 내걸고, 몇 번이나 날 방해하고. 처음 만났을 때부터 계속, 계속, 계속, 계속, 계속, 계속, 계속, 계속, 계속."

광기마저 느껴지는 표정으로, 루시피나는 몇 번이고 살점을 짓밟았다.

질퍽질퍽 소리가 울리고 피가 땅에 스미어들었다.

"……하지만 그런 당신이니까, 나는 즐길 수 있었어요."

그러더니 으깨진 살점을 주워들어, 루시피나는 사랑스럽다는 듯 그것을 바라봤다.

"이런 살점이 되어버리면 당신도 귀엽게 보일 정도네요. 계속 쓰다듬으면서 귀여워해 주고 싶어졌어요. 후, 후후후후."

온몸을 떨고, 배를 붙잡고, 눈물마저 글썽이며 루시피나는 웃었다.

"아하, 흥분되네요……. 후후, 있죠, 그렇죠? 우후후후후!"

진심으로 유쾌하다는 듯, 깔깔깔.

"……이후의 지휘는 맡기겠다. 내게는 할 일이 있어서

말이야.”

그레이시아는 무어라 형용할 수 없는 표정으로 루시피나를 흘끗 쳐다보고는, 볼크에게 그런 말을 남기고 어디론가 사라져버렸다.

“……칫.”

둘의 태도에 볼크는 무심코 혀를 찼다.

“그레이시아는 몰라도…… 저 녀석, 미쳤다고.”

살점을 손에 들고서 신이 난 루시피나를 보고 그리 말하지 않을 수가 없었다.

적이라고는 해도 그 용사는 경의를 표해야할 상대였다.

그런 상대를 짓밟고 비웃는 루시피나를 볼크는 이해할 수 없었다.

디오니스 때도 느꼈지만, 대체 어떻게 하면 저렇게까지 추악하게 살 수 있을까.

이해하기 힘든 루시피나의 언동에서 시선을 피하고, 다가온 부하에게 지시를 날렸다.

“——퇴각한다.”

볼크의 지휘에 따라 마왕군은 퇴각을 개시했다.

이리하여 슈메르츠에서 벌어진 전투는 끝을 맺었다.

이 전투가 방아쇠가 되어, 마족과 인간의 전쟁은 종언을 향해 가속하게 된다.

에필로그 『전후 처리』

——엘피스자크의 시야는 어둠으로 뒤덮여 있었다.

온몸이 봉인으로 구속되어 움직일 수조차 없었다.

당연히 마안도 봉인되었다.

눈가리개를 풀어도, 아마도 마안을 발동할 수는 없으리라.

——교국에서 나를 습격한 사천왕에게 패배했다.

그 후, 자신을 뒤덮은 철창을 파괴하고 날뛰었지만 또다시 붙잡혀버린 것이었다.

간단히 패배한 것은 류자스와의 전투로 피폐해진 탓에 전력을 낼 수 없었다는 것이 이유 중 하나였다. 아무리 전직 마왕이라도 완전히 회복되지 않은 상태에서 사천왕과 싸우는 것은 무리가 있었다.

하지만 그 이상으로 문제였던 것은 싸운 상대였다.

어째서…… 그런 동요 탓에 제대로 움직이지 못하게 되어버렸다.

"————."

엘피스자크는 의식을 마력 탐지로 집중시켰다.

몸을 뒤덮고 있는 이 봉인을, 자신은 싫을 만큼 잘 알고 있었다.

미궁의 봉인과 같은 성질의 마력—— 아마도 이것은 그 하프엘프의 것이리라.

루시피나…… 이오리를 배신한 자 가운데 하나.

"……윽."

시야를 뒤덮은 어둠에 호흡이 거칠어졌다.

긴장을 늦추면 그 남자의 이름을 불러버리고 싶어진다.

그 남자는 무사할까. 살아있을까. 죽었다든지, 그렇지는 않을까.

"――――."

그 후로 얼마나 시간이 지났을까.

어둠으로 뒤덮인 탓에 시간의 감각이 없었다.

탈출하려고 해도 이 봉인을 부수지 않고서는 어떻게 할 수도 없었다.

탈출 수단을 생각하여 어둠의 공포를 얼버무리고 있던 그때였다.

"……!"

끼이익, 문 열리는 소리가 났다.

이어서 뚜벅뚜벅 발소리가 이쪽으로 다가왔다.

누군가가 자신이 있는 방으로 들어온 것이었다.

들어온 인물을 이용해서 어떻게든 봉인을 풀 수는 없을까.

"실례하겠습니다."

정중한 말과 함께 천천히 눈가리개가 벗겨졌다.

비쳐드는 빛이 눈부셔서 살짝 감으며, 자신의 눈앞에 있는 인물에게 시선을 향하고――.

"……너, 는――."

그만 말을 잃었다.

흐트러짐 없는 진녹색 장발에 베일 듯이 날카로운 두 눈의 여성이었다.

몸에 두른 군복은 깔끔하게 정돈되어 주름 하나, 먼지 하나 붙어 있지 않았다.

옆머리에서는 산양처럼 뒤틀린 두 자루 뿔이 나 있어서 여성이 마족이라는 사실을 이야기했다.

"……그레이시아."

그곳에 서 있던 것은 과거의 부하.

그레이시아 레바틴이었다.

엘피스자크가 전력을 다하지 못했던 것은 그레이시아의 존재가 컸다.

죽었다고 생각했던 부하가 갑자기 나타난 것이었다.

제아무리 엘피스자크라도 평정을 유지할 수는 없었다.

"예."

그레이시아는 공손히 고개를 끄덕이더니,

"――오랜만입니다. 저의 왕, 엘피스자크 님."

도취된 음색으로 그렇게 말했다.

부하와의 재회로 엘피스자크는 긴장을 풀었다.

안도하여 한숨을 돌렸다.

하지만 엘피스자크는 잊고 있었다.

이 세계의 잔혹함을.

이 세계에는 상상이 미치지 않는, 추악한 자가 있다는 사실을.

◆ ◆ ◆

"……아아, 시원해졌어."

금발의 하프엘프── 루시피나 에밀리오르는 자기 방에서 그리 혼잣말했다.

"그 사람이 살아있다는 사실을 알게 된 순간에는 어떻게 돌아가는 거냐고 생각했어요."

화장대 앞에 앉아서 루시피나는 거울을 보며 빗으로 금빛 머리카락을 빗고 있었다.

은색 눈동자가 반전된 자신의 얼굴을 바라봤다.

"하지만 다시 한번, 그 사람이 무참하게 죽는 모습을 볼 수 있어서 행운이었다……고도 생각해요."

멍한 표정으로 참격에 삼켜져서 날아가 버린 이오리를 떠올렸다.

전장에 흩어진 그 못생긴 살점들.

그것이 전부 이오리라고 생각하면 오싹오싹한 쾌감이 온몸을 꿰뚫었다.

"아아…… 젖어버렸어요."

거친 숨을 내쉬며 루시피나는 몸을 떨었다.

"게다가 류자스 씨가 죽는 모습도 걸작이었어요."

쿡쿡, 작게 웃음을 흘렸다.

"그 사람…… 영웅이 되고 싶었다고요. 어울리지 않는다고 할까, 분수도 모른다고 할까. 어쨌든 얼빠진 멍청이들뿐. 정말이지, 그 파티는 날 지루하게 두질 않네요."

모쪼록 다시 한번.

"――그런 바보 같은 사람들을, 짓밟고 싶네요."

루시피나는 거울을 향해 그리 말했다.

반전된 그녀는――찢어질 듯한, 추악한 미소를 띠고 있었다.

허나.

그녀는 한 가지, 치명적인 실수를 저지르고 있었다.

그것은――.

◆ ◆ ◆

성도 슈메르츠에서 조금 떨어진 장소에는 언덕이 있다.

그곳에서는 마왕군의 습격으로 새겨진 전투의 흔적을 바라볼 수 있었다.

풀은 흩어지고 대지는 갈라져서 마치 거대한 짐승이 날뛴 것 같은 지독한 모습이었다.

"흐흥. 자, 내 말대로 엘피스자크는 확실히 있었죠?"

그런 광경을 내려다보며 한 소녀가 득의양양하게 그리 말했다.

그것은 검은 모자를 쓴 핑크색 머리카락의 소녀였다.

"……응. 확실히, 있었어."

소녀의 말에 다른 목소리가 대답했다.

목소리의 주인은 흑발의 여성이었다.

여성은 낙낙한 기모노에 가까운 의상을 걸치고 있었다.

"……네 말이 맞았어."

붉은 기가 있는 검은 눈동자로 전장 흔적을 흘겨보며, 여성은 등 뒤까지 내려오는 흑발을 흔들며 고개를 끄덕였다.

"……하지만 너무 늦었어. 구하지 못했어. 역시 거리에서 말을 걸었어야 했어. ……쓸모없네. 대신에 네가 끌려갔다면 좋았을 텐데."

"귀여운 나한테 너도 참 가차 없잖아?!"

빤히 쳐다보며 중얼거린 여성의 말에 핑크색 머리 소녀가 불만스레 외쳤다.

"정정해! 재색겸비인 나는, 열심히 내 역할을 제대로 했으니까!"

"……시끄러워."

시끄럽게 정정을 요구했지만 여성은 들은 척도 하지 않았다.

귀찮다는 듯 한숨을 내쉬고, 떠들어대는 핑크색 소녀의 뺨을 꾹 밀어냈다.

그런 시답잖은 대화를 더는 보고 있을 수가 없어서, 나는 입을 열었다.

"——그래서, 너희는 뭔데."

바위에 걸터앉으며 나는 두 여자를 노려봤다.

루시피나의 참격에 당하기 직전, 나는 갑자기 이 장소로 전이된 것이었다.

참격으로 날아간 것은 나를 본뜬 정교한 인형이었다.

핑크색 머리가 만들었다고 했다.

핑크색 머리의 소녀 왈, "그대로 싸우는 건 상책이 아니었으니까 개입했어."

머리에 피가 올라서, 소모 정도를 고려하지 못하는 상태로 돌진한 나를 보고 내린 판단인 듯했다.

확실히 루시피나의 언동을 참을 수가 없어서, 그때의 나는 냉정하지 않았다.

하지만 본 적도 없는 녀석들이 제멋대로 개입하는 것은 참을 수 없다.

"그것 봐, 네가 아름다운 나를 헐뜯으니까 저 사람도 화를 내잖아."

"……관계없어. 좀 닥치고 있어 봐."

내 말에 두 사람이 이쪽을 돌아봤다.

"……응. 설명, 할게."

그러더니 흑발 여성이 입을 열었다.

……아니, 그게 아니었다.

무언가의 마법으로 **인간의 모습이 되어 있는** 커스 드래곤이 입을 열었다.

"…………."

나는 루시피나의 참격에 당하여 기광 미궁에서 지상으로 추락했다.

땅바닥에 내동댕이쳐지기 직전, 갑자기 나타난 커스 드래곤이 나를 구한 것이었다.

그것이 눈앞의 이 흑발 여성이었다.

마법을 사용하여 인간이 되는 모습을 나는 이 눈으로 보았다.

"……이 녀석은 어쨌든, 나는 수상하지 않아."

핑크색 머리 소녀를 흘끗 쳐다본 뒤, 커스 드래곤이 자신의 이름을 말했다.

"――나는 베르디아. 주인님…… 엘피스자크 님의 애완동물."

"베르디아……?"

그것은 기억에 있는 이름이었다.

베르디아―― 분명히, 엘피가 기르던 커스 드래곤의 이름이었다.

"……이번 세대의 용사. 주인님을 구해내기 위해서, 부디 협력해줘."

베르디아는 감정이 느껴지지 않는 평탄한 목소리로 말

을 계속했다.

"엘피를 구해낸다……?"

"……그래. 주인님은 아직 살아있어."

베르디아는 확신이 있는 표정으로 그리 말했다.

"어떻게 아는데."

"……죽을 법한 사람이 아니야. 게다가 그레이시아…… 사천왕에게 끌려가는 걸 봤어."

확실히 그 녀석은 간단히 죽을 법한 녀석이 아니었다.

"…………."

루시피나는 죽였다고 그랬지만…… 어쩌면 그건 거짓말이었을지도 모른다.

나를 도발하고 비웃기 위해서.

"어째서 나한테 말을 걸었지? 구하고 싶다면, 얼른 구하러 가면 되잖아."

"……나 혼자서는 주인님을 구할 수 없어. 그 자리에서 개입했어도 금세 살해당했을 거야. 그러니까 네 힘이 필요해."

확실히 사천왕이 여럿 있는 전장에 뛰어들고서 살아남을 수 있는 자가 더 적다.

하지만,

"그럼 어째서 거리에서 만났을 때에 엘피랑 접촉하지 않았는데."

베르디아와는 기광 미궁으로 가는 도중에 만났다.

엘피를 돕고 싶다면 그때 자신이 누구인지 밝히면 그만이었을 테지.

"……상황을 알 수 없었으니까. 인간과 같이 행동하고 있어서, 놀랐어."

"그것뿐인가?"

"……게다가 무방비하게 접촉하지 말라고 저 녀석이 그랬으니까."

그러면서 베르디아는 핑크색 머리의 소녀를 가리켰다.

"…………."

……알 수 없는 것이 너무나도 많았다.

모순되는 점이 보이지는 않지만 도저히 신용할 수 없었다.

"……부탁이야. 협력해줘."

애원하며 베르디아는 한 걸음 다가왔다.

"……멈춰."

비취의 태도를 뽑고 베르디아와 핑크색 머리 소녀에게 살기를 드러냈다.

"히엑."

핑크색 머리 소녀는 겁먹은 듯한 기색을 드러내며 베르디아 뒤에 숨었다.

"구해준 건 감사하지. 하지만 나는 너희를 신용할 수 없어."

엘피를 구하고 싶다는 건 사실일지도 모른다.

하지만 그것은 신용할 이유가 되지 않는다.

협력하자고 그러고서는 나를 무언가 다른 일에 이용하려는 것일지도 모르니까.

"……어째서. 내가 드래곤이니까?"

"관계없어. 인간이든 마족이든 드래곤이든 마찬가지야. 신용할 수 없는 상대와 함께 행동할 수는 없어."

언제 배신할지 모르니까 말이다.

상대가 신용할 수 있을지 여부를 판별할 수 없는 한, 어리석은 행동을 취할 수는 없다.

"……관계없다. 그래."

베르디아는 내 살기를 정면으로 받아내더니 납득한 듯 고개를 끄덕였다.

그것뿐, 침묵에 잠겨버렸다.

"신용할 수 없다, 인가. 뭐, 그렇겠네."

나와 베르디아의 침묵을 깨듯이 핑크색 머리 소녀가 불쑥 앞으로 나왔다.

이 여자는 본 기억이 있다.

"……너, 슈메르츠에서 부딪쳤던 여자로군."

도시가 와이번에게 습격당하기 전에 만난 녀석이었다.

"그래. 정말이지, 아팠으니까! 내 깨끗한 몸에 상처가 나면 어쩔 생각이었어?"

"……그래서. 너도 엘피스자크를 구하고 싶은 건가?"

말투도 음색도 다르지만, 이 녀석의 언동은 어쩐지 엘피를 연상시켰다.

하지만 상황과 어울리지 않는 언동이 지금은 짜증났다.
실없는 말을 무시하고 질문을 던졌다.
"조금 다르려나. 확실히 엘피스자크를 구하고 싶기는 하지만 내 목적은 그보다 더 앞에 있어."
작게 고개를 내젓고 소녀는 대답했다.
"——나는 오르테기어를 죽이고 싶어."
소녀는 복숭앗빛 눈을 가늘게 뜨고 어렴풋이 미소를 띠었다.
그녀의 두 눈에서 희미하게 증오의 기색이 엿보였다.
"그게 어째서 나랑 엘피를 돕는 걸로 이어지는데."
"엘피스자크는 틀림없이 오르테기어와 목숨을 걸고 싸우게 될 거야. 나는 엘피스자크가 승리해서 오르테기어를 죽여줬으면 해."
베르디아와 달리 이 소녀는 표정이 풍부했다.
대화를 나누는 중에도 연신 표정이 바뀌었다.
그런데도 그 표정에서 진의를 꿰뚫어 볼 수는 없었다.
거짓말을 하는지 진실을 이야기하는지, 간파할 수가 없었다.
"자, 잠깐만. 그렇게 무서운 표정으로 날 보지 마."
당황한 듯 손을 내젓고 소녀는 뒤로 물러났다.
뒤에 있는 베르디아한테 부딪히고 "……방해돼"라며 떠밀려서 내 눈앞으로 돌아왔다.
허둥대는 소녀에게서는 엘피나 사천왕에게서 느낀 것

같은 강자의 분위기는 느껴지지 않았다.

의식을 기울이는 방법도 몸을 쓰는 방법도, 초보자 그 자체였다.

그렇기에 정체 모를 이 느낌이 기분 나빴다.

"아, 그렇지."

침묵을 견디지 못하겠는지 소녀는 손가락을 세워 들었다.

"나도 참, 소개가 늦었네."

가슴을 펴며 소녀는 득의양양하게 자기소개를 했다.

"내 이름은 아이들러라고 해! 두려움과 경외를 담아서, 아이라고 불러줬으면 좋으려나!"

아이들러.

들은 적 없는 이름이었다.

베르디아와 달리 엘피의 부하도 아닌 듯했다.

"뭐, 이것만으로는 와 닿지 않겠네."

아이들러는 고개를 끄덕이더니,

"……이걸 덧붙이는 건 너에 대한 성의의 표시라고 생각해줬으면 좋으려나."

"뭐?"

"이걸 입에 담으면, 아마도 너는 더욱 경계할 거라 생각하니까."

아이들러는 여전히 미소를 띠고 있었다.

"**이쪽 이름**이라면 너도 들은 적이 있을 거라 생각하는데——."

다만 그 미소의 성질이 바뀌었다.

"——나는 '사신'이라고도 불리거든."

나의 가장 안쪽을 들여다보는 것 같은, 꿰뚫어 보는 것 같은 미소를 띠고서 아이들러는 그렇게 말했다.

넥스트 프롤로그『복수는 끝이 없고』

"오……리 씨. 이오리 씨! 괜찮으세요?"

문득 정신이 들자 금발 은색 눈의 여성이 걱정스러운 표정으로 나를 들여다보고 있었다.

아무래도 잠시 정신이 날아갔나 보다.

"어…… 어어. 괜찮아, 루시피나."

조금씩 의식이 밝아지며 내가 지금 어디에 있는지를 떠올렸다.

이곳은 제국에 있는 도시 중 하나였다.

이곳으로 오는 도중, 몬스터에게 습격당한 마을을 구하려고 했다. 하지만 정말로 늦어버려서 생존자는 불과 몇 명뿐이었다.

마을 여기저기에 굴러다니던, 몬스터에게 뜯어 먹힌 붉은 덩어리. 도처에 불이 타오르고 연기와 함께 고기가 타는 냄새가 감돌았다.

그런 지옥 같은 마을에서 몬스터를 섬멸하고, 생존자를 데리고 우리는 이 도시에 도착했다.

숙소를 잡고 내일 이야기를 하려다가…… 나는 기분이 나빠져서…….

"……정말로 괜찮으세요? 마치 사신에게 씐 것 같은 표정이었다고요?"

내가 어떤 표정인지는 모르겠지만 온몸이 흠뻑 땀으로

젖어 있었다. 목은 마르지 않은데 입안이 까끌까끌했다.
루시피나가 나를 불안하게 바라봤다.
맞은편 의자에 앉아 있는 류자스와 디오니스도 내 쪽을 빤히 보고 있었다.
"아니…… 정말 괜찮아."
깊이 숨을 들이쉬어 평정을 되찾았다.
이곳으로 올 때까지도 시체는 수없이 봤을 터.
내가 직접 몬스터나 마족을 죽였다.
그러니까…… 괜찮을 것이다. 극복하지 못한다면 나아갈 수 없다.
――구하지 못했다.
그런 말이 뇌리에 떠올라서, 나는 날카로운 목소리로 셋에게 이야기를 건넸다.
"그건 그렇고, 사신인가. 내가 있던 세계에도 이쪽에도, 사신이라는 개념은 있구나."
갑작스러운 내 말에 루시피나는 불안한, 디오니스는 의아해하는 표정을 띠었다.
"그래, 있지."
그런 가운데, 류자스만이 화제에 어울렸다.
"네가 있던 세계가 어떤지는 모르겠지만 이쪽에서는 불운이라든지 역병신이라든지, 그런 의미에서 사용되는 경우도 있고 전장이나 황야, 달이 없는 밤 따위에 나타나서 사람에게 씌어서 스멀스멀 영혼을 가져가 버리는 괴물을 가리키기도 하지.”

“류자스 씨……! 악취미에요!”

“딱히 상관없잖아. 아마츠 쪽에서 이야기를 꺼냈으니까.”

루시피나가 나무라자 류자스는 익살을 떨듯이 어깨를 으쓱였다.

“뭐, 계속할게. 여기서부터가 재밌거든. 그 사신 말인데, 불신자를 없애버리는 성광신의 사자라느니 명계에 봉인된 타광신(墮光神)의 화신이라느니, 정체에 대해서는 이런저런 이야기가 있어.”

“……멜트 님은 그런 짓 안 하세요.”

토라진 루시피나를 무시하고 류자스는 계속 말했다.

“그래서, 뭐. 가장 자주 듣는 이야기는, 사신의 정체는 살해당한 녀석들의 망령이라는 이야기네.”

“망령…….”

“어째서 너만 살아있느냐, 어째서 내가 죽어야만 하느냐. 너도 같이 와라…… 그런 식으로 산 사람을 자신과 같은 망령으로 만들려고 하는 거지.”

씨익, 류자스는 웃으면서 말했다.

“씐 건 아니더라도, 너희도 사신의 목소리를 들은 적은 있지 않나? 『어째서 지켜주지 않았느냐』라며 원망하는 목소리 말이야.”

싸늘하게 느껴지는 류자스의 말에 방이 조용해졌다.

꿀꺽, 디오니스가 목을 울리는 소리가 들렸다.

"뭐, 뭐야. 나는 들은 적 없는데. 그러는 류자스는 들은 적이 있다고?"

잠시 틈을 두고,

"……글쎄."

류자스는 의미심장하게 중얼거렸다.

그 반응에 디오니스가 씁쓸한 표정을 띠고 "애들 놀리는 거야, 그런 거"라며 내뱉듯이 말했다.

"저기…… 류자스. 그 사신이라는 건 정말로 있나?"

"없어요! 사람은 죽은 뒤, 이 세계에 흐르는 마력과 하나가 된다고 해요! 그러니까, 그런 이상한 건 없어요."

"어떠려나? ……의외로 네 눈앞에 있을지도 모른다고."

"류자스 씨!"

드물게도 루시피나가 거친 목소리로 류자스를 질타했다.

"그래그래, 미안해. 아마츠가 기분전환이 되면 좋겠다고 생각했는데 말이지."

"……너무 악취미에요."

"그렇다고, 류자스. 너는 이야기 센스가 없는 거 아냐? 그런 유치한 어린애 장난에 뻔한 거짓말 같은 이야기나 하고! 그런 걸로 무서워하는 녀석은 없을 테고, 역시 인간은 레벨이 낮단 말이지!"

"예이예이. 그럼 슬슬 자자고. 이 여관, 화장실이 머니까 밤에 가고 싶어지면 조심해, 디오니스."

"!!"

그러면서 류자스가 방을 나갔다. 짜증이 난 듯 무언가를 외치고 디오니스도 나갔다.

방 안에 루시피나와 내가 남겨졌다.

"……이오리 씨. 류자스 씨는 그런 소리를 했지만, 망령 따윈 없으니까요. 그에 가까운 몬스터는 있지만…… 하지만."

한숨을 내쉰 뒤, 루시피나는 다정한 말투로 그리 말했다.

"그래, 알아."

마을 사람들을 구하지 못했다는 사실에 류자스도 무언가 생각하는 바가 있었을 테지. 그 마을을 나온 뒤로 저 녀석은 계속 날카로운 분위기였으니까.

류자스가 말한, 사신 따위는 존재하지 않는다.

그런 사실을 알면서도, 그 단어는 묘하게 내 귀에 남았다.

"——나는 '사신'이라고도 불리거든."

그리고.

자신을 아이들러라고 한 핑크색 머리카락의 소녀는 스스로를 그렇게 불렀다.

일찍이 류자스가 이야기한 망령과는 관계가 없는 호칭이겠지.

하지만 불길하다는 사실은 다르지 않았다.

『엘피를 구하기 위해서 서로 협력하자.』

요컨대 그런 이야기겠지.

사신이라기보다는 마치 악마의 권유인데.

'사신'이라는 명칭은 엘피한테서도 들었다.

나락 미궁에서 그랬다.

'인과반장'을 쓸 수 있는 것은 마왕군에 소속되어 있던 사신 정도밖에 없다고.

또한 기광 미궁에서 류자스한테도 사신이라는 단어는 들었다.

사신한테서 마법을 배웠다고.

아이들러가 정말로 사신이라면 위험한 상대다.

"———."

핑크색 머리를 흔들고 우호적인 미소를 띠며 아이들러가 내게 손을 뻗었다.

그 손을 피하고 나는 비취의 태도를 붙잡으며 아이들러를 날카롭게 노려봤다.

"와햐아?!"

내 살기를 느꼈는지 아이들러는 비명을 지르며 구르듯 뒤로 물러났다.

"잠깐잠깐! 일단 진정하자고?! 너랑 싸울 생각은, 나는 조금도 없다고!!"

당황하는 그 모습에서는 전혀 무예의 기척을 느낄 수 없었다.

전투의 측면으로는 완전히 초보자임을 알 수 있었다.

"너, 정말로 '사신'인가?"

사신은 오르테기어의 부하라고 엘피는 말했다.

하지만 이 녀석은 오르테기어를 죽이고 싶다, 그런 말을 입에 담았다.

"그렇게 물어봐도 말이지. 증명할 수단은 없는데……."

"류자스한테서 네 이름을 들었어. 마법을 가르쳐줬을 테지?"

"……으―음, 그러네."

미간을 찌푸리고 잠시 고민하는 기색을 드러낸 뒤, 아이들러는 품에서 작은 돌을 꺼냈다.

자세히 보니 마석이었다.

마석을 붙잡으며 아이들러는 손가락으로 공중에 무언가 글자 같은 것을 그렸다.

그 직후.

"――'로스트 매직 인과반장'."

손가락으로 그린 부분이 빛나고 어떤 문장을 만들었다.

그것은 류자스의 로브에 있던 것과 완전히 똑같았다.

"――――."

"내 마력량으로는 이렇게 문장을 그리는 게 고작이라서 효과는 발휘할 수 없지만."

문장이 떠오른 것은 한순간, 다음 순간에는 안개처럼 흩어졌다.

"류자스 군한테는 이것 말고 '명인괴리' 같은 것도 가르쳐준 기억이 있네. 이쪽도 나로서는 도저히 못 쓰지만."

"확실히 진짜 사신 같네."

하지만 진짜였을지라도 의문인 점은 아직 있었다.

"오르테기어를 죽이고 싶다, 그런 소리를 했지. '사신'은 마왕군에 소속되어 있다고 들었는데? 너는 오르테기어의 부하가 아닌가?"

"……내가 그 녀석의 부하? 웃을 수 없는 농담이야."

내 물음에 아이들러가 표정을 일그러뜨렸다.

아이들러는 불쾌하다는 듯 날카로운 두 눈을 내게 향하고,

"――다시 한번 말하겠는데, 나는 오르테기어를 죽이고 싶어."

내뱉듯이 조금 전의 말을 되풀이했다.

"나는 그 녀석 때문에 성가신 체질이 되었어. 그저 평범하게 지내는 것만으로 몬스터가 다가오는 체질이 됐다고."

"몬스터가, 다가온다……?"

"체내의 마력을 상시 방출하고 마는 '방마증(放魔症)'이랑 마찬가지야. 성가시게도 나는 항상 몬스터를 끌어들이고 마는 '냄새' 같은 걸 방출하는 모양이야."

그런 체질은 들은 적이 없다, 그런 말을 꺼내려던 참에 문득 떠올랐다.

아이들러랑 만난 직후, 몬스터가 접근하지 않을 터인 성도에 와이번 무리가 다가왔다는 사실을.

"생각났어? 분명히 슈메르츠를 와이번이 습격한 건 내 탓이야."

내 생각을 읽은 것처럼 아이들러는 긍정했다.

"이런, 하지만 그 사실로 나를 책망하지는 말라고. 나도 도시에서 느긋하게 보내고 싶을 때는 있고, 무심코 너무 오래 머무르고 말 때도 있어. 게다가 몬스터를 끌어들이고 마는 것은 오르테기어 탓이니까."

"어째서 그 체질이 오르테기어 탓이라고 할 수 있는데."

"나는 원래 다툼을 싫어하거든. 인간이느니 마족이느니, 아무래도 상관없었어. 마왕군에 소속만 두고 온 대륙을 어슬렁어슬렁 돌아다녔어. 하지만 오르테기어가 마왕이 되었을 때, 『너는 필요 없다』라면서 쫓겨나 버렸어."

그때에 지금의 체질이 되었노라고 아이들러는 이야기했다.

"어떻게든 저주를 풀 수는 없을지 연구했지만, 해결 방법은 하나밖에 발견하지 못했거든. 원인을 만든 상대—— 오르테기어를 죽이는 것 말고는 이 저주를 풀 방법은 없어."

"그래서 오르테기어를 죽이고 싶다?"

"그렇지. 다가오는 몬스터는 다짜고짜 나를 먹으려 들거든. 힘없는 내가 몇 번이나 몬스터에게 죽을 뻔했을까. 이런 체질로는 사람이 많은 곳에서는 못 살고, 한곳에 계속 머무를 수도 없어."

견딜 수가 없다고, 그러면서 아이들러는 지긋지긋하다

는 듯 고개를 내저었다.

"그렇다면 류자스한테 로스트 매직을 가르쳐준 것도 오르테기어를 죽이게 만들려고?"

"그래. 그 사람은 힘을 원하니까 마침 잘 됐다고 생각했어. 이기지는 못하더라도 서로 공멸하는 정도로 끌고 갈 수는 있지 않을까, 기대했거든. 결국에 제대로 풀리지는 않았지만."

"…………."

일단 아이들러의 주장은 이해했다.

오르테기어가 저주를 씌웠으니까 그것을 풀기 위해서 그를 죽이려고 한다.

자신은 이길 수 없으니까 오르테기어를 적대하는 나와 엘피를 도왔다고.

"……아이들러와 내 목적은 달라. 하지만 이해는 일치하고 있어."

그때까지 잠자코 있던 베르디아가 대화에 끼어들었다.

"그래. 나는 오르테기어를 죽이기 위해서 엘피스자크를 구하고 싶어. 베르디아는 과거의 주인님을 구하고 싶어. 그러니까 엘피스자크를 구하고 싶다, 그 점에서는 일치하는 거야."

그리고 그것은 너도 마찬가지겠지? 그러면서 아이들러가 손을 내밀었다.

"너도 동료인 엘피스자크를 구하고 싶겠지. 목적은 다르지만 우리가 할 일은 하나야. 그렇다면 서로 협력하는 게 효율적이라고 생각하진 않아?"

악수를 청하듯 손을 내미는 아이들러.

그녀 뒤에서 베르디아가 나를 지그시 바라봤다.

오르테기어를 죽이려고 하는 마법사, 엘피를 구하려고 하는 드래곤.

둘의 사정을 감안해서,

"구해준 건 감사하지만 협력은 필요 없어. 나는 혼자서 그 녀석을 구하러 가겠어."

나는 둘의 제안을 거절했다.

드래곤 베르디아는 모를까, 아이들러는 전력으로 도움이 될 것 같지 않았다.

오히려 괜히 걸리적거릴 가능성이 높겠지.

배신당할 리스크를 지면서까지 함께 행동할 이점은 느껴지지 않았다.

"베르디아 이야기는 엘피한테 전해둘게. 내가 구한 뒤에 만나러 와."

그러고 내가 둘에게서 등을 돌려 걸어가려고 했을 때였다.

"흐응. 뭐, 그것도 선택지 중 하나겠지만. 그 선택의 결과로 엘피스자크를 구하지 못했을 때, 너는 지독하게 후회하겠지만."

뒤에서 들린 차가운 음색에 나는 걸음을 멈췄다.

"——뭐라고?"

돌아보니 핑크색 머리를 쓰다듬으며 어쩐지 비웃듯이 아이들러는 웃고 있었다.

"애당초 너는 어디로 가려는 거야? 혹시 엘피스자크를 구하기 위해서 마왕성으로 가려는 거라면, 헛된 노력이라고밖에 달리 할 말이 없네."

"……무슨 소리지."

"간단한 이야기야. 안타깝지만 마왕성에 엘피스자크는 없어."

그렇게 아이들러가 단언하자 뒤에 있는 베르디아가 작게 고개를 끄덕였다.

"……주인님은 사천왕 중 하나가 데려갔어."

그레이시아라는, 그 진녹색 머리의 마족이었나.

그 녀석이 엘피를 데려갔다고, 조금 전에 베르디아는 말했다.

"나는 엘피스자크가 지금 어디에 있는지 알아. 아까 너를 구했을 때, 그레이시아한테 탐지의 마법을 걸어뒀으니까."

"그런 걸 할 수 있나?"

아이들러가 검지를 척 세워 들었다.

"과대평가되는 건 자랑스러워서 기분이 좋지만, 과소평가는 받고 싶지 않네."

교사가 학생을 가르칠 때 같은 그런 분위기로,

"모든 전황을 내려다보고 모든 정보를 수집해서, 가진

수단을 최대한으로 이용한다. 이제까지 나는 이렇게 사람, 아인, 마족, 마을, 도시, 성, 나라――온갖 곳의 멸망을 예언했어. ――그래서 '사신'이야."

"――――."

"그러니까 네 질문에는 이렇게 대답할게. ――그 정도 일은 당연한 것처럼 가능하다고?"

무심결에 숨을 삼켰다.

엘피랑 오르테기어 같은 절대적인 힘에서 비롯된 것이 아니었다.

류자스 같이 끝없는 집념에서 비롯된 것도 아니었다.

그것은 이제까지 느낀 적이 없는 압력이었다.

"그녀가 있는 곳을 자력으로 찾아도 되겠지만, 시간을 들이는 건 그다지 똑똑한 행동이라고는 못 하겠네. 그렇겠지, 베르디아?"

"……응. 서둘러야 해."

두 눈에 어렴풋한 증오를 드리우며 베르디아는 이야기했다.

서둘러야만 하는 그 이유를.

"――――――."

그녀가 이야기한 내용에 그만 입을 다물었다.

그것이 사실이라면 엘피는――――.

"……이번 세대의 용사. 내가 할 수 있는 건, 뭐든지 하겠어. 그러니까…… 부탁, 드립니다. 주인님을, 구해주십시오.”

분한 듯 표정을 일그러뜨리고, 베르디아가 내게 깊이 머리를 숙였다.

애원하는 베르디아 옆에서 아이들러가 말했다.

“나는 엘피스자크가 있는 장소까지 널 안내할 수 있어. 베르디아는 너를 신속하게 목적지까지 옮길 수 있어. 그리고 너는 그 힘으로 엘피스자크를 구할 수 있어.”

“………….”

“이해관계도 각자의 능력도 일치해. 그럼.”

——너는 무엇을 선택하겠어?

“————.”

무엇을 선택하나.

나는 무엇을 선택할 것인가.

『——엘피스자크 길데가르드.』

『너는 나를 도와줬으니까. 그 사실에 인간이든 마족이든 상관없잖아?』

『……내려줘, 이오리.』

『어어…….』

『여기서 도망쳐, 이오리.』

『——마왕 키이이익!!』

『——너는, 잘못이 없어.』

그야 정해져 있다.

『내게 협력해준다면, 나도 네게 협력할게. 내 복수에 힘을 빌려준다면, 네 복수에도 힘을 빌려주겠어.』
『네가 내 동료로 있는 한, 나는 너를 배신하지 않아.』
『나와 함께 가자── '전직 용사'.』

내게는 엘피스자크 길데가르드가 필요하다.
그러니까.

"알았다. 협력하지."

나는 아이들러와 베르디아의 제안을 받아들였다.
그 녀석을 확실히 되찾기 위해서.
"……고마워. 감사하지, 이번 세대의 용사."
"…………."
베르디아가 기쁜 표정을 띠고, 아이들러가 어렴풋이 미소를 띠고서 고개를 끄덕였다.
이 둘과 손을 잡고, 또 배신당할 가능성이 있을지도 모른다.
그럼에도 그런 리스크를 지고서라도 나는 엘피를 구하고 싶다.
"반드시 엘피스자크를 구하겠어."

나와 그 녀석에게는 아직 할 일이 있으니까.
냉큼 귀찮은 사정을 해결하고, 그리고.

"——계속하자고, 우리의 복수를."

후기

처음 뵙는 분은 처음 뵙겠습니다. 그렇지 않은 분도 처음 뵙겠습니다.

항상 신세를 지고 있습니다. 우사키 우사기입니다.

재림용사의 복수담은 본편을 기하여, 내용적으로는 1부가 종료되었습니다.

단락을 하나 지었으니 이 작품에서는 처음으로 후기를 적게 되었습니다.

이 이야기를 대략적으로 설명하면 제목 그대로, 전직 용사와 전직 마왕이 손을 잡고 자신을 배신하거나 짓밟은 상대에게 복수를 하러가는 이야기입니다.

냉철하게 복수하면서도 어쩐지 무른 느낌이 가시지 않은 이오리와, 기본적으로 그런 느낌인데 가끔씩 위엄을 드러내는 엘피의 복수극은 어떠셨습니까.

저는 쓰면서 무척 즐거웠습니다. 독자 여러분께서도 즐겨주셨다면 다행입니다.

자. 재림용사를 쓰면서 특히 공을 들인 부분은 복수 장면이었습니다.

증오스러운 적이 한심하게 목숨을 구걸하지만 가차 없

이 짓뭉갠다.

어떻게 호쾌하게 복수할 수 있을지를 생각하고 묘사했습니다.

그렇게 특별히 공을 들인 복수 장면 가운데서도 더욱 공을 들여서 적은 것은, 사실은 『목숨 구걸』입니다.

죽고 싶지 않다고 꼴사납게 울부짖는 적을 쓸 때, 가장 힘이 들어갔습니다.

그만큼 제멋대로 굴어놓고서 간단히 죽을 수 있을 거라 생각하지 말라고? 그리 생각하며 매번 적고 있습니다.

하지만 저는 실제로 목숨을 구걸할 법한 상황에 빠진 적이 없습니다. 그래서 더욱 실감나는 목숨 구걸을 적기 위해서 제가 참고한 것은 TRPG였습니다.

수많은 TRPG 가운데는 선택지를 잘못 고르면 가차 없이 배드엔딩 직행…… 그런 시나리오도 있습니다.

제가 롤플레잉하는 캐릭터가 그렇게 되었을 때, 저는 매번 필사적으로 목숨을 구걸했습니다.

우발적이었다, 죽고 싶지 않다, 용서해줘! 그렇게 머리를 조아리기도 했습니다.

그런 일을 반복하는 사이에 TRPG를 하는 기술이나 롤플레잉도 능숙해져서, 친구들로부터 『목숨 구걸의 프로』라고 불리며 인정을 받게 되었습니다. (어째서 매번 목숨을 구걸하는 꼴이 되는지는 물어서는 안 됩니다.)

……그러니까 무슨 말씀이 드리고 싶으냐면, 무슨 일이

든 간단히 포기하지 말고 마지막까지 매달리는 편이 좋다는 이야기였습니다.(?)

이러저러해서 괜찮은 느낌으로 말씀을 드릴 수 있었던 참에, 이 자리를 빌려 감사를 보내고자 합니다.

처음으로 이야기를 건네어주신 N사와 님, 그리고 담당 편집자 C바 님, 항상 재림용사를 더욱 좋게 만들고자 힘써 주시어 감사했습니다.

일러스트의 시라코미소 님, 항상 멋진 그림을 그려주시어 감사합니다. 개인적으로 엘피와 냥메르와 아이들러의 디자인은 최고라고 생각합니다. 스마트폰 잠금 화면으로 삼았습니다. 행복합니다, 정말 감사합니다.

그리고 무엇보다도 재림용사를 읽고 항상 의견을 주는 친구 아카마키 타루토 선생님, 감사합니다. 다음에 또 데이트라도 가죠.

그리고 영업분, 디자이너분, 교정분 등등, 이 작품의 제본에 관여해주신 여러분, 정말로 감사합니다.

아시는 분도 계실지 모르겠지만, 재림용사는 『소설가가 되자』에서 게재되고 있습니다.

이 주소(http://ncode.syosetu.com/n1678cx/)을 입력하시거나 『재림용사』를 검색하시면 바로 찾으실 수 있을 거라 생각합니다.

인터넷 연재분에는 5권 이후의 이야기도 이미 게재되어 있습니다.

재림용사에는 아직 성격이 위험한 녀석이 몇 명이나 기다리고 있기에 이오리의 복수는 지금부터입니다.

마지막까지 이오리의 복수를 쓰도록 할 터이니, 부디 어울려주신다면 다행입니다.

그렇게 되어, 가장 마지막이 되어버렸습니다만.

그리고 무엇보다 재림용사를 응원해주신 독자 여러분께, 최대의 감사를. 정말로 감사했습니다!

재림용사의 복수담 5

2020년 7월 7일 1판 1쇄 인쇄
2020년 7월 14일 1판 1쇄 발행

저 자 우사키 우사기
일러스트 시라코미소
옮 긴 이 손종근
발 행 인 유재옥
본 부 장 조병권
담당편집자 정영길
편 집 1 팀 정영길 김민지 조찬희
편 집 2 팀 김다솜 이본느
편 집 3 팀 오준영 곽혜민 김혜주
미 술 김보라 서정원
라이츠담당 김슬비 한주원
디 지 털 박상섭 박지혜 이성호
발 행 처 ㈜소미미디어
제 작 처 코리아피앤피
등 록 제2015-000008호
주 소 서울시 마포구 토정로222, 403호(신수동, 한국출판콘텐츠센터)
판 매 ㈜소미미디어
마 케 팅 한민지
전 화 편집부 (070)4164-3962, 3963 기획실 (02)567-3388
판매 및 마케팅 (070)4165-6888, Fax (02)322-7665

ISBN 979-11-6507-812-6 04830
979-11-6190-424-5 (세트)